• 衛斯理小說典藏版 64 •

貝殼

衛斯理
親自演繹衛斯理
《貝殼》

新之又新的序言，最新的

衛斯理小說從第一次出版至今，歷時已近半世紀，總共出了多少正版，還能計得清，若是連盜版一起算，那就算找外星人來算，也算勿清楚哉！不知能不能也算世界紀錄。

算得清好，算勿清也好，能幾十年來不斷出新版，說明不斷有讀者加入，對作者來說，沒有更值得高興的事了，謝謝所有喜歡衛斯理的人，謝謝謝謝。

倪匡

二〇二〇年六月四日 香港

幾句話

寫了四十多年小說，論者將拙作分為三個時期：早、中、晚。在明窗出版的一批，屬於早期和中期的上半。三個時期的創作風格有相當程度的不同，所以風評不一。本人並無偏愛，但讀友對早期的作品，頗有好評，大抵是由於在早、中期作品之中，主要人物精力充沛，活力無窮，所以使故事曲折多變，小說也就格外吸引。明窗出版社此次重新出版這批作品，正好讓大家來證明這一點。

四十餘年來，新舊讀友不絕，若因此而能有新讀友，不亦快哉！

倪匡

二〇〇五年十一月六日

序言

撰寫《貝殼》這個故事之際，正是狂熱地蒐集貝殼之時。蒐集貝殼的行為，後來到了最高峰，藏品達三千幾種，終於忽然之間，興趣消失，如同一場春夢。這是題外話。這篇小說的主題，是想表現一個人，若是沒有了自己，那麼，在他身上的一切名和利，都是虛空的，再大的名，再多的利，加起來，也不如自己。

這話，聽起來像是很玄，也不是三言兩語，或是一兩篇小說所能表達明白，要靠一個人對人生的體驗，思索而摸出一種感覺來。

表達在《貝殼》這個故事中的想法，一直持續着，後來若干年後，又有「以自己為題材」的十個幻想短篇，再度發揮了一下，但也還是不夠，以後有機會，還是要再發揮的。

同樣是生命，一個富豪，不如一枚海螺快樂，你相信嗎？

我真的相信。

這本書中還包括了一個較短的故事《消失》，那是一個相當簡單的故事，簡單到不必介紹了。

衛斯理（倪匡）

一九八六年九月十二日

目錄

貝殼

目錄

貝殼

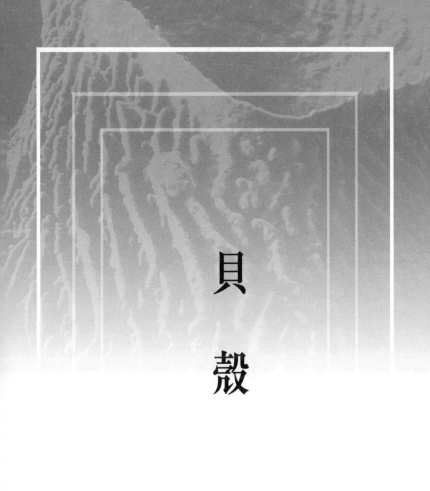

第一部

超級巨富的失蹤

貝殼是十分惹人喜愛的東西。古時代，貝殼被用來當作貨幣（甚至到現在，某些地區的土人部落，仍然是以貝殼作為貨幣使用）。而在文明社會中，一枚珍貴的貝殼，在貝殼愛好者的心目中，比鑽石更有價值。

貝殼是軟體動物在生長過程中逐漸形成的外殼，形狀、顏色，千奇百怪，匪夷所思。已發現的，大約有十一萬二千多種，是動物學中的一大熱門，僅次於昆蟲。有許多貝殼，普通得每天都可以看到，但有許多貝殼，即使是海洋生物學的權威，也只能在圖片中見得到。一個陳列貝殼的展覽會，往往能夠吸引許多參觀者，貝殼的形狀實在太奇特美妙，就是主要的原因——在日本，稀有貝殼的展覽會，是報紙上重要的新聞之一。

自然，這個故事，和任何貝殼展覽會無關，甚至於和軟體動物的研究無關，這只是一個故事。

天氣良好，萬里無雲，能見度無限，從空中望下來，大海平靜得像是一整塊藍色的玉，看來像是固體，而不像是流動的液體。

一架小型飛機在海上飛行。那種小飛機，通常供人駕來遊玩，它飛不高，也不能飛得十分快速，只能坐兩個人。

飛機在海面上來回飛着，任務是在海面上尋找一艘遊艇。身邊那個人，拿着望遠鏡，向海面上觀察着。這個人，就是我所熟悉的小郭——我仍然稱呼他為小郭，因為我認識他許多年了，雖然他現在已經是一個鼎鼎大名的私家偵探。

據小郭事後的回憶，他說，這件事，一開始，就有點很不平常，雖然以後事情的發展，更不平常，但是事情的開始是很突兀的。

星期日，照例是假期，小郭的偵探事務所中，只留下一個職員，因為他這種職業，是說不定什麼時候有顧客找上門來的。

事情就發生在星期日的中午，小郭正在讚美他新婚太太烹調出來的美味可口的菜餚，而且在計劃着如何享受一個天氣溫和、陽光普照的下午之際，電話鈴響了起來，小郭拿起了電話，一聽到事務所留守職員的聲音，他就不禁皺眉。

他曾吩咐過，沒有要緊的事情，千萬別打擾他的假期，小郭本來也不是那樣重視假期的人，但是他最近結了婚，一個人在結婚之後，原來的生活方式，多少要有一點改變的了。「郭社長，」那職員的聲音，很無可奈何：「有一位太太堅持要見你。我是說，她非見你不可，請你回事務所來，我……無法應付她。」

小郭有點不耐煩：「問問她有什麼事！」

「她不肯說，」職員回答：「她一定要見了你才肯說，看她的樣子，像是有很重要的事。」

小郭放下了電話，嘆了一口氣，這樣的顧客，他也不是第一次遇見了，好像天要塌下來那麼嚴重，而且，寧願付出高幾倍的費用，指定要他親自出馬。

小郭逢遇到有這樣顧客的時候，雖然無可奈何，但是心中也有一份驕傲，他究竟是一個出了名的偵探了，要不然，怎麼會有那麼多人，將自己的疑難問題，只託付他，而不託給別人？

小郭轉過頭來，向他的太太作了一個抱歉的微笑，道：「我去看看就來，你在家等我的電話！」

他太太諒解地點着頭，小郭在二十分鐘之後，來到了他的事務所，也見到了那位太太。

據小郭事後回憶説，他見到了那位太太，第一眼的印象是：那不是一個人，簡直是一座山。她足有一百五十公斤重（或者更甚），坐在一張單人沙發上，將那張單人沙發塞得滿滿的。

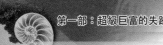

她滿面怒容，一看到了小郭，第一句話，就將小郭嚇了一跳，她叫道：「你就是郭先生？郭先生，你去將我丈夫抓回來！」

小郭呆了一呆：「你一定弄錯了，我只是一個私家偵探，沒有權利抓人的！」

那位太太的聲音更大：「我授權給你！」小郭有點不知如何應付才好，但是他已經決定，不稀罕這個顧客了，是以他的語氣變得很冷漠，更現出了一臉不歡迎的神色來：「據我所知，你也沒有權利抓任何人！」

那位太太發起急來，雙手按着沙發的扶手，吃力地站了起來：「他是我的丈夫！」

小郭本來想告訴那位太太，女人要抓住丈夫的心，是另外有一套辦法的，等到要用到私家偵探的時候，事情早已完了。

但是，小郭向那滿面肥肉抖動的太太望了一眼，他覺得自己實在不必多費什麼唇舌，所以他根本沒有開口，只在想着如何才能將她打發走。

就在這時候，那位太太又開口了，她道：「你知道我的丈夫是誰？」

小郭皺着眉：「是誰？」

那位太太挺了挺胸，大聲道：「萬良生！」

小郭呆了一呆，望着那位太太，不作聲。

（當小郭事後，和我講起這段經過時，我聽到他講到那位太太，是萬良生太太時，也呆了半晌。）

過了足有半分鐘之久，小郭才緩緩地吁了一口氣：「原來是萬太太，萬先生他……怎麼了？」

小郭並不認識萬良生，可是在這個大城市中，卻沒有人不知道萬良生的名字，萬良生是本地的一個——用什麼字眼形容他好呢？還是借用一個最現成的名詞來形容他的財勢吧，他可以說是本地的一個土皇帝。

萬良生有數不盡的財產，他的財產包括好幾間銀行在內，他的事業，幾乎遍及每一個行業，使他實際上成為本地無形的統治者。

在現代社會中，當然不會有什麼實際的「土皇帝」存在，但是萬良生掌握着如此多的財產，在經濟上而言，他可以說是本地的最高統治者！

所以，當小郭問出了「萬先生怎麼了」這句話之際，他已經改變主意了，他決意接受萬太太的委託，這是一個使他的聲譽提高到更高地位的好機會！

萬太太有點氣喘，她顯然不耐久立，又坐了下來：「他是昨天下午出海的，到現在還沒有回來，而且，我知道，紅蘭也在遊艇上！」

小郭又吸了一口氣，萬良生是一個人人都知道的人物，紅蘭一樣也是。紅蘭是一個紅得發紫的電影明星，她略含嬌嗔，眼睛像是會説話的照片，到處可見，為紅蘭瘋狂的人不知多少，她是一個真正的尤物，自然，也只有萬良生這樣的大亨，才能和紅蘭的名字，聯在一起。

小郭已經有點頭緒了，他也明白為什麼萬太太一開口，就説要將萬良生「抓回來」，他道：「萬太太，你的意思是，要我找點他和紅蘭在一起，有什麼行動的證據，是不是？」

萬太太氣吁吁地道：「現在，我要你將他抓……找回來。昨天下午他出海去，到今天還不回來，我實在不能忍受。你要將他……找回來！」

這其實並不是一樁很困難的任務，萬良生的那艘遊艇，十分著名，是世界上最豪華的十艘遊艇之一，「快樂號」遊艇，艇身金黃色，不論在什麼地方，都是最矚目的一艘船。

萬太太一面説着，一面已打開了皮包，取出了一大疊鈔票來，重重放在沙發旁邊的几上。

小郭有點不自在，萬太太又道：「今天下午，你一定要將他找回來，帶他來見我！」

小郭搓着手：「萬太太，我必須向你説明，我可以找到萬先生，但是，他是不是肯回到你的身邊來，我可不敢擔保。」

萬太太「哼」地一聲：「他敢！」

小郭忍住了笑：「我見到了他，一定會傳達你的話，事實上——」

小郭略頓了一頓，又道：「事實上，就算我不去找他，他也一定快回來了，他有那麼多事要處理，不可能今天晚上之前不回來的！」

萬太太大聲道：「我要你去找他，他以為在船上，出了海，我就找不到他了，我一定要你找到他！」

小郭沒有再説什麼，這是一樁很輕鬆的差事，酬勞又出乎意料之外的多，他何必拒絕呢？

他送走了萬太太，打電話去接洽飛機。他租了一架小型的水上飛機。

同時，他也吩咐那位職員，向有關部門，查問「快樂號」昨天下午駛出海港的報告。

兩件事都進行得很順利，有關方面的資料顯示：快樂號昨天下午三時，報告出發，向西南方向行駛，以後就沒有聯絡——通常的情形，如果不是有意外發生，是不會再作聯絡的。

小郭知道「快樂號」的性能十分好，可以作長程航行，但是，帶着一個美麗動人的女明星，是沒有理由作長程航行的，只要找一個靜僻一點的海灣泊船就行了。小郭也不明白有紅蘭這樣動人的女人陪在身旁，萬良生還會有什麼心緒去欣賞海上的風景。

小郭到達機場，和機師見了面，登機起飛，向西南方的海面飛去。

天氣實在好，小郭估計，至多只要半小時，就可以發現「快樂號」了。

小郭的估計不錯，大約在半小時後，也就看到了「快樂號」。也正如他的估計一樣，「快樂號」泊在一個小島的背面的一個海灣上。

自空中看下來，整艘「快樂號」，簡直像是黃金鑄成的一樣，閃着金黃色的光芒。

那海灘很隱蔽，兩面是高聳的巖石，浪頭打在巖石上，濺起極高的浪花，但是在兩邊巖石之間，卻是一個新月形的小沙灘，沙細而白，除了一艘「快樂號」之外，沒有別的船隻。

一發現了「快樂號」，小郭欠了欠身子：「我們在它的附近降落！」

水上飛機打着轉，降低高度，金黃色的「快樂號」愈來愈看得清楚了，在望遠鏡中看來，甲板上，一張籐桌上，半杯喝剩的酒都可以看得清清楚楚，小郭甚至可以認得出，那是一杯綠色的「蚱蜢」。

可是卻沒有人出現在甲板上，萬良生如果是帶着紅蘭出來幽會的，那麼，船上可能只有他和紅蘭兩個人。但不論他們這時在作什麼，小郭想，飛機的聲音，總應該將他們驚動了。

水上飛機在飛得已接近水面的時候，小郭放下了望遠鏡，水上飛機濺起一陣水花，開始在水面滑行，然後，在離「快樂號」不到二十公尺處，停了下來。

在飛機停下來之後，小郭曾看了看手表，那是下午二時，一個天氣極好的星期天的下午二時。在那樣的天氣之中，照說是不會有什麼意外的事發生的。

小郭的心中，已經在盤算着如何向萬良生開口，萬良生是一個大亨，而且他正在和一個美人幽會，有人來驚擾他，他自然會發脾氣的。

小郭探出頭去，艇的甲板上仍然沒有人，在這樣的近距離，只要大聲講話，遊艇上的人，是一定可以聽得到的，是以小郭大聲叫道：「萬先生！萬先生！」

可是他叫了十七八聲，艇上卻一點反應也沒有，仍然沒有人出來？

駕駛員笑道：「郭先生，他們可能在遊艇的臥室中，你知道，像那樣的遊艇，臥室一定有着完善的隔音設備，聽不到你叫喚的！」

小郭攤了攤手：「那怎麼辦？飛機上有橡皮艇？」

駕駛員指着架上一邊東西：「有，不過下去的時候要小心些。」

機門打開，小郭將橡皮艇取下來，推向機門外，拉開了充氣栓，橡皮艇發出「嗤嗤」的聲響，迅速膨脹，小郭小心地將它拋進海中，又沿着機門，攀了下去，躍進了橡皮艇中，不到五分鐘，他已划到了「快樂號」的旁邊。

為了禮貌，他在登上「快樂號」之前，又大聲叫道：「有人麼？萬先生，你在不在？」

船上仍然沒有人應聲，小郭抓住擦得晶光錚亮的扶手，登上了「快樂號」。

從「快樂號」甲板上的情形看來，船上一定是有人的，小郭又叫了幾下，仍然沒有人應他，他站在船中心的走廊，來到了第一扇門前，敲門，沒有人應，他推開了那扇門。

那是一個佈置得極其舒適的客廳，一套小巧的絲絨沙發，看到了這套沙發，小郭不禁笑了起來，萬良生一定很恨他的太太，要不然，他不會在遊艇中置上這樣的一套沙發，這套沙發，根本無法容納萬太太那航空母艦一樣龐大的身子！

客廳中沒有人，在客廳附設的酒吧中，小郭注意到，有一瓶酒，酒瓶翻倒，瓶中的酒已流出了一大半，一陣酒香，撲鼻而來。

小郭走去，將酒瓶扶正，順手打開冰桶的蓋子來看了一看。

據小郭事後的回憶說，他也不知道何以要順手打開冰桶來看，或許是他偵探的習慣，這是唯一的解釋了。

當時，他看到那隻銀質的冰桶內，並沒有冰，只剩小半桶水。

這種冰桶能夠保持冰塊近十小時不溶化，小郭當時看到冰桶中只有水而沒有冰，就覺得有點奇怪，因為這證明至少有七八小時沒有人用這個冰桶中的冰了。

小郭走出了這個艙，又來到了另一個艙中，那是一個臥艙，一切都很整齊，不像有人睡過。然後，他一面高聲叫着，又打開了另一個艙門。

那自然是主艙了，那簡直是一間十分寬敞的臥室，而且顯然有人住過，不過也是空的。

小郭漸漸覺得有點不對勁，因為船上看來一個人也沒有。

十五分鐘之後，小郭已經肯定了這一點：「快樂號」上沒有人！

他回到了甲板上，看了看掛在舷旁的小艇，兩艘小艇全在，表示並沒有人駕着小艇出去。

小郭站在甲板上，望着沙灘，沙灘上一個人也沒有，這是一個遠離海岸的荒島，普通遊艇不會到那麼遠的小島來。

小郭感到事情愈來愈不對勁了，他離開了「快樂號」，上了橡皮艇。

或許是由於他的神色很蒼白，那叫徐諒的駕駛員也吃了一驚：「怎麼樣？」

小郭道：「沒有人，船上沒有人！」

徐諒道：「或者是到島上遊玩去了。」

據小郭事後回憶，他說他那時，只覺得心直向下沉，他望着那個光禿禿的小島，明知道萬良生和紅蘭兩人，不可能在島上，但是，除了在島上之外，他們還會在什麼地方呢？

小郭提議道：「我和你一起到島上去找找他們。」

徐諒點着頭，他們又登上橡皮艇，直划到沙灘上，踏上了沙灘。

一上沙灘，小郭就看到了一條大毛巾，這條大毛巾，當然是到過沙灘的人留下來的，當小郭俯身，拾起這條大毛巾的時候，發現毛巾上，還繡着「快樂號」的標誌，同時，毛巾中有一件東西，落了下來。小郭又拾起那東西來，那是一枚奇形怪狀的貝殼。

那枚貝殼是潔白的，接近透明，殼很薄，由於它的樣子實在太奇特了，所以很難形容。

貝殼是裹在毛巾中的，那也很容易解釋，沙灘上的人，假設是萬良生或紅蘭，看到了這枚貝殼，喜歡它的奇形怪狀，就拾了起來，裹在毛巾中。

但是，毛巾為什麼會留在沙灘上呢？

當小郭接着那枚貝殼在發怔的時候，徐諒已經爬上了這個荒島的最高點，小郭大聲問道：「有人麼？」

徐諒四面看看，也大聲回答道：「沒有人！」

小郭順手將那枚貝殼，放進了衣袋中，大聲道：「他們不可能到別地方去的。」

徐諒迅速地攀了下來：「郭先生，如果你有這樣看法的話，那我們要報警了！」

小郭在發現船上沒有人之後，就已然有了這個念頭，這時，他嘆了一聲，點了點頭。

徐諒先划着橡皮艇回飛機去，小郭仍然留在沙灘上，海水湧上來又退回去，沙細潔而白，真是一個度假的理想地方。

可是，大亨萬良生和紅星紅蘭呢？

二十分鐘後，小徐又划着橡皮艇到小島上來，四十分鐘後，三架警方的直升機，首先降落在小島上，第一個自直升機上跳下來的，是我們的老朋友，傑克上校。

再詳細記述當時發生的情形，是沒有意義的，但有幾點，卻不可不說。

第一：根據小郭的報告，警方認為失蹤的至少是兩個人：萬良生和紅蘭，那是萬太太的情報，但是當天晚上，便發現紅蘭根本一點事也沒有。周末，紅蘭參加一個舞會；星期日，她睡到下午才起來，當她聽到收音機報告她和萬良生一起神秘失蹤的消息之後，大發嬌嗔，一定要警方道歉，因為她和萬良生，只是社交上的朋友，決不可能親密到孤男寡女，同處一艘遊艇之上云云。

第二：警方又立即發現，萬良生是自己一個人駕着遊艇出海的，失蹤的只是他一個人。

第三：從溶化的冰，甲板上剩留的食物來推斷，萬良生離開「快樂號」，是小郭到達之前十小時的事情，也就是說，在凌晨三時至四時之間。

第四：遊艇上沒有絲毫搏鬥的現象，只是有一瓶酒，曾經傾瀉。

這真是有史以來最轟動的新聞了。

小郭、徐諒立時成了新聞人物，紅蘭也趁機大出風頭，萬太太山一樣的照片，被刊登在報紙的第一版上，日夜不停的搜索，進行了三日三夜。

等到我正式知道這件事的詳細經過時，已經是七天之後了。在一個不斷有着各種各樣新奇新聞的大城市之中，一樁新聞，能夠連續佔據報紙第一版頭條三天以上的，已然算是極其轟動的了。

可是，萬良生離奇失蹤一事，一直到第七天，還是第一版頭條新聞，除了照例報道搜索沒有結果之外，還有各種各樣的傳說和猜測，套一句電影廣告的術語，就是：「昂然進入第七天」，而且，看來還要一直轟動下去，因為萬良生是一個如此重要的大亨！

第七天下午三時，我一直只是在報上獲知這件離奇失蹤事件的經過，直到那天下午三時，小郭才對我說起了事情的詳細經過。

小郭說得很詳細，足足說了一個多鐘頭，我也很用心地聽着。

小郭在講完了之後，雙手一攤：「總之，萬良生就是那麼無緣無故失蹤了。」

我呆了片刻，才道：「警方沒有找出其他失蹤的原因？譬如說經濟上的原因，可能牽涉到桃色新聞上的事，或者其他的原因？」

小郭搖頭道：「沒有，警方邀請我參加他們的工作，我知道一切經過，他是絕沒有理由失蹤的。」

我道：「當然，我們可以不必考慮他是被綁票了，如果是的話，一定有人開始和他的家人接觸了。」

小郭苦笑着：「我和警方至少接到了上百個電話，說他們知道萬良生的下落，但這些電話，全是假的，目的想騙一些錢而已。」

我又問道：「萬太太的反應怎樣？」

小郭搖着頭道：「這位太太，來找我的時候，好像很恨他的丈夫，但是現在卻傷心得不得了，不過她是一個很能幹的女人，這幾天，萬良生的事業中，千頭萬緒的事，全是她在處理。」

我站了起來，來回走了幾步：「小郭，你和警方好像都忽略了一個問題，『快樂號』是一艘大遊艇，萬良生又是享受慣的人，他為什麼要一個人駕船出海，我看這是整件事的關鍵。」小郭望着我，沒有出聲。

我有點責備的意思：「你難道連想也沒有想過這個問題？」小郭不斷地眨着眼，他顯然是真的沒有想到這個問題。而且，他對我的指責，好像也很不服氣，他道：「那有什麼關係，他總是失蹤了。」

我搖了搖頭：「小郭，虧你還是一個出名的偵探，事情既然已經發生了，就要研究一切可疑的、不合邏輯的事情，而在整件事情中，最可疑的就是：萬良生為什麼要一個人出海！」

小郭揮着手：「或許這是他的習慣，或許他要一個人清靜一下，或許——」

我不等他再說下去，就大喝一聲：「不要再或許了，去查——萬良生一定不是第一次乘搭『快樂號』遊艇，去查他為什麼要一個人出海！」

小郭望了我半晌，點了點頭。

我看他那種垂頭喪氣的樣子，心中倒有點不忍：「現在警方的結論怎樣？」

小郭道：「警方的最後推測，說可能萬良生在游泳的時候，遇上了海中的巨型生物，例如大海蛇，或是體長超過十呎的大烏賊，所以遭了不幸，你知道，這種事是常常有的，澳洲前任總理，就是在海上失蹤的。」

我點着頭：「有這個可能——」

講到這裏，我忽然想了起來，我道：「小郭，你是第一個到達那個小島的沙灘的人，你說在沙灘上有一條大毛巾，那條大毛巾——」

小郭不等我講完，已搶着道：「那條毛巾，是『快樂號』上的，這一點，已經不用懷疑，好幾個人可以證明！」

我道：「我不是問那條毛巾，我是問，那毛巾中的那枚貝殼！」

小郭皺着眉：「沙灘上總是有貝殼的，那有什麼可注意的？」

我嘆了一聲：「你怎麼啦？你不是說，那枚貝殼，是裹在毛巾之中，你拿起毛巾來的時候，它才落下來的麼？」

小郭又眨着眼，好像仍然不明白我那樣說，究竟有什麼用意。

我道：「沙灘上的貝殼，是不會自己走到毛巾中去的，貝殼在毛巾中，這就證明，有人將它拾了起來，放進毛巾內去的。」

小郭無可奈何地笑了一笑：「是又怎麼樣？」

我道：「從這一點引伸出去，可以推測着當時，萬良生是在海灘上，他拾起了一枚貝殼，放在毛巾之中，可知他那時並不準備去游泳；要去游泳的人，是會用到毛巾，而不會用毛巾去裹一枚貝殼的，那麼，警方現在的結論就不成立了！」

小郭反駁我道：「或者他是準備下水之前，拾了貝殼，除下了披在身上的毛巾，將貝殼放在毛巾之中，再下水去的呢！」

我笑了起來道：「也有這個可能，可是萬良生為什麼要去拾這枚貝殼呢？他是一個貝殼收集者麼？」

小郭搖了搖頭：「他不是一個貝殼搜集者，但是，這是一枚形狀十分奇特的貝殼，任何人見了它，都會被它吸引的。」

我心中還有話想說，我想說，像萬良生那樣，整天錢在眼裏翻觔斗的人，只怕是不會有這種閒情逸趣，去注意一枚形狀奇特的貝殼。但是我卻沒有說出來，因為那屬於心理分析的範疇，不是偵探的事了。

我拍了拍小郭的肩頭：「去查他為什麼一個人出海，我相信這是事情的關鍵！」

小郭告辭離去，我又細細將事情想了一遍。

我覺得最值得注意的，不是萬良生為什麼要一個人出海。

第二天下午，小郭又來了，我還是沒有開口，他就道：「你的重要關鍵，不成立了。」

我大聲道：「怎麼不成立？」

小郭笑道：「我們查清楚了，萬良生之所以出海，名義上是休息，但實際上，是帶着各種各樣的女人，瞞着他太太去走私。」

我道：「那麼，至少要有一個女人！」

小郭道：「不錯，原來那女人，應該是大名鼎鼎的紅蘭，可是紅蘭臨時失約，據船上的水手說，萬良生等了很久，才命令解纜，他自己駛出去的——你不至於又要我去查紅蘭為什麼要失約吧！」

我呆了半晌，才道：「我只想知道，你們怎麼肯定萬良生那天，是約了紅蘭！」

小郭道：「萬良生是離開他的辦公室之後，直接到碼頭去的——他的司機證明了這一點。而他在離開辦公室時，曾吩咐女秘書，要是紅蘭打電話來，就告訴她，他已經到碼頭去了，叫她立刻就去。」

我半晌不說話，當然，小郭的調查所得，的確使我失望，但是我的想法，

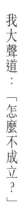

仍然和小郭不同，我並不以為萬良生一個人出海是一件偶然的事。

紅蘭為什麼會失約，這自然是一件值得研究的事，不過我不會再叫小郭調查的了，因為看來小郭很同意警方的推測：萬良生是在游泳的時候，遭到了意外。

但是我還問了小郭：「那麼，你可以肯定，萬良生是一個人出海的了！」

小郭道：「許多人可以證明這一點。碼頭上的水手，和一些人，都目擊萬良生離去，的確只有他一個人——」

小郭講到這裏，略頓了一頓，又道：「當然，如果有什麼人在海上和他會合的話，那我們是無法知道的，不過這個可能不大。」

我翻着報紙：「警方已經放棄搜索了？」

小郭道：「今天是最後一天，當然也不會有什麼結果，再搜索下去，也沒有意思！」

我點頭道：「是，依照普通的手法去找萬良生，是沒有意義的了！」

第二部

接手調查失蹤案

小郭望着我，望了我半晌，才道：「你的意思是要如何尋找他？」

我搖着頭：「我也說不上來，因為這件事，我所知的一切，全是間接的，我無法在間接獲知的事實中，得到任何推斷。」

小郭沒有再說什麼，又和我閒談了一會，就告辭而去。

第二天，報上的頭條新聞是警方宣布放棄繼續搜尋，而萬良生的太太，則憤怒指責警方的無能和敷衍塞責。我在一開始，已用「土皇帝」這個字眼來形容過萬良生，有好幾張報紙，是受萬良生控制的，對警方的抨擊，更是不遺餘力。

天地良心，在這樣的一件失蹤案上，抨擊警方，是很沒有理由的。一個人駕着遊艇出海，在大洋的荒島之中，實在是任何事情都可以發生的，警方又有什麼辦法在毫無線索之下將萬良生找出來？

當天，我看完了報紙，心中想，警方既然已放棄了搜尋，雖然這件事，還有很多可疑之點，但是事情既然和我無關，我也不必再追究下去了。

所以，我也準備不再去想那件事，我照着我的習慣，將有關萬良生失蹤的所有報道和記載，歸納起來。

因為這是一件離奇的事情，而我對所有離奇的事都有濃厚的興趣。一些事，在看來已經結束了之後，又往往會有出人意表的發展，到那時候，以前的記載，就成為十分有用的資料了。

我正在整理着資料，聽到門鈴大作，白素一早就出去了，所以我只好自己下去開門，門打開，門口站着一個穿着制服的司機。

那司機一看到了我，就脫下了帽子來：「請問衛斯理先生在不在？」

我道：「我就是！」

司機忙遞給了我一張名片，我接過來一看，只見那張名片，可說是精緻之極，是淺黃色的樹紋紙，上面的字，是銀片貼上去的：「何艷容」三個字。

不論從名片的形式來看，或是從這三個字來看，這位何艷容，當然是一個女人。

可是我卻根本不認識任何一個叫作何艷容的女人！

我正在驚愕間，那位司機已然道：「我主人請衛先生去見見她。」

我抬起頭來：「對不起，我並不認識你的主人，她是——」

司機立時接口道：「她是萬太太，萬良生太太！」

在那一剎間，想起小郭形容的萬太太的樣子，和這張名片的精緻相對比，我幾乎笑了出來。

司機又道：「請衛先生立時就去，車子就在外面。」

我彈了彈手中的名片：「請你回去告訴萬太太，如果她有什麼事要見我，根據習慣的禮貌，應該是她到我這裏來！」

司機好像有點聽不懂我的話，張大眼睛望着我，我又將話再說了一遍，他才諾諾連聲，很恭敬地向我鞠躬，然後退了出去。

我看着他駕車離去，我想，萬良生太太來找我，有什麼事情呢？是不是她以為警方找不到萬良生，所以來委託我？

我坐了一會，繼續到樓上去整理資料，約莫大半小時之後，門鈴又響了。

我再下來開門，門才一打開，我不禁嚇了一跳。

小郭形容萬良生太太的樣子，已經是使人吃驚的了，但是當我真正看到這位何艷容女士時，我才知道小郭形容一個人的本事，實在差得很。

我一打開門，就看到萬良生太太堵在門口，那扇門，至少有四呎寬，可是萬太太當門一站，對不起，兩旁絕不能再容什麼人通過了！

她個子也不矮，怕有五呎六七吋高，可是和她的橫闊體型相比較，這種高度，也算不了什麼。

她揚起一隻手，指着我，手背上的肥肉拱起，以致她的手看來是一個圓球體。她的手指上，戴着許多枚大粒的鑽戒。

她指着我：「你就是衛斯理？你要我來見你，我來了！」

我只好道：「請進來。」

萬太太走了進來，她的行動倒一點也不遲鈍，相反地，走得很快，到了一張沙發之前，就坐了下來。

在那短短的半分鐘之間，我不禁替萬良生覺得可憐。萬良生幾乎有了世界上的一切，但是那有什麼用呢？只要有一個這樣的妻子，就算擁有世界上的一切，那也等於零。

我絕不是着眼於何艷容女士的體型，事實上，有許多和她一樣體型的女人，十分可愛。但是，萬太太的那種霸道，想佔有一切，將一切全部當着可以供她在腳底下踐踏的那種神態，真叫人沒法子忍受。難怪小郭說第一次見到她時，她要小郭去「抓」她的丈夫了！

我在她對面坐了下來，她道：「聽説你是那個姓郭的私家偵探的師父！」

我略呆了一呆：「我從來也沒有收過徒弟！」

萬太太昂着頭：「好幾個人那麼説！」

我解釋道：「或者，那是以前，小郭是我的手下，幫我做過一些事。」

萬太太道：「那就行了，他找不到萬良生，飯桶警察也找不到，你替我把他找出來。」

我沒有搭腔，因為我知道，她還有許多話要說，這種類型的人，在她要說的話未曾講完之前，不論你說什麼，都是白說的。

果然，萬太太伸拳，在沙發旁的茶几上，重重地擊了一下：「他躲起來了，絕不是什麼神秘失蹤，這豬玀，他一定又和什麼狐狸精躲起來了！」

我怔了一怔，在所有有關萬良生失蹤的揣測中，都沒有這樣的揣測，但是，現在這個說法，卻是萬良生太太提出來的，是不是有一定根據呢？

我仍然沒有說什麼，萬太太吼叫着：「替我找他出來，我要給他顏色看！」

我沉着聲，問道：「萬太太，請問你這樣說，可有什麼根據？」

萬太太瞪着眼（她臉上的肥肉打摺，可是「杏」眼圓睜時，仍然十分可怖）：「我這樣說就夠了，要什麼證據？」

我道：「當然要有，你說他和另外女人躲起來了，那麼，他就一定要在事先準備一筆錢，他可有調動大筆現金的迹象？」

萬太太「哈哈」大笑了起來：「和你們這種人講話真吃力，他要什麼錢？只要他不將瑞士銀行存款的戶口號碼忘記，到哪裏他都可以有花不完的錢！」

我心中怒火陡升，幾乎要翻臉了，但是我卻竭力按捺着自己的怒火，冷冷地道：「和你這種沒有知識的人講話更吃力，你沒有絲毫根據，就說他是自己躲起來了，記得你曾向郭先生說，萬先生是和紅蘭在遊艇上，結果，紅蘭根本沒有上過船。」

萬太太的眼睛瞪得更大，她氣吼吼地道：「少廢話，我要你快找他出來！」

我冷然地道：「我不找，你去託別人吧！」

萬太太得意地笑着，道：「我有錢！」

我笑了起來：「誰都知道你有錢，你不必見人就大叫大嚷，可是，我不稀罕你的錢，你再有錢，又有什麼辦法？」這位何艷容女士愣住了，她一直瞪着我，瞪了好久，突然霍地站了起來。

我真怕她忽然之間發起蠻來，但是我卻猜錯了，她站了起來之後，並沒有什麼特異的動作，她只是望着我，然後才道：「你說我沒有知識，你錯了，我有兩個博士的頭銜，再見！」

她傲然轉過身，大踏步向門口走去，到了門口站定，我略等了一等，走過去將門打開，讓開，好讓她走出去，她一步跨出了門，忽然站定，背對着我：「如果可以將剛才的一切全忘記的話，我們可以從頭談談。」

我想不到她會有這樣的提議，以她那樣的人，講出這種話來，可說是極不容易的了！

我略呆了一呆：「可以的，但是只有一點，我只接受你的委託，尋找失了蹤的萬良生先生，卻不接受你主觀的任何猜測！」

萬太太轉過身來：「那有什麼關係？只要將他找出來就可以了！」

我道：「自然不同，我有我自己的見解，有我自己的找人方法！」

萬太太道：「好，那就一言為定了，你要多少報酬？」

我不禁搖了搖頭：「暫時別提報酬，我需要的，只是工作上的方便。」

萬太太道：「什麼樣的方便？」

我道：「例如那艘『快樂號』遊艇，要供我使用，我要從那個荒島開始，追尋萬良生先生失蹤的原因。」萬太太立時道：「那太容易了，不過，你是白費心機，還不如到南美洲或者瑞士去找他的好，他躲起來了，這豬玀！」

我盡量使自己平心靜氣：「我會從這一方面着手調查，只要有事實證明的話，就算他躲到剛果去了，我也會把他找回來。」

萬太太又望了我片刻，才道：「我會吩咐他們給你一切便利，你什麼時候開始？」

我道：「我認為我已經開始了！」

萬太太對我這個回答，感到十分滿意，她不住點着頭，走向前去，車子駛過來，甚至那輛車子，也是特別訂製的巨型房車——我一點也沒有誇張，以萬太太的身形來說，沒有任何車子，可以使她進出自如。

萬太太離去之後，我心中十分亂，尋找萬良生的責任，忽然之間，會落到了我的身上，這是我無論如何都料想不到的事情。

我本來以一個旁觀者的身分注視着這件事的發展，忽然之間旁觀者變了置身其中，差別太大了！

我想了一會，覺得這件事，還是先和小郭商量一下，因為他畢竟是和這件事最早有關係的人。

所以，我打了一個電話給小郭，小郭聽到萬良生太太曾來找我，他的聲音，顯得很沮喪。

當我提及萬太太認為萬良生可能是為了逃避他的太太而躲了起來之際，小郭道：「不可能的，我已向各方面調查過了，除非萬良生是游泳到南美洲去的。」

小郭既然那麼說，我自然相信他的調查工作，是做得十分周密的，這一個可能，已不必考慮了。

我道：「那麼，你可有興趣，陪我一起搭乘『快樂號』，再到那個荒島去？」

小郭猶豫了一下：「那荒島我已經去了十幾次了，再去有什麼意思？」

我道：「搭『快樂號』去，或者不同。」

小郭道：「好，我們在碼頭見！」

我放下了電話，留下了一張紙條給白素，二十分鐘後，我到了碼頭。

一到碼頭，我就看到了「快樂號」，而「快樂號」上的水手，顯然也已得到了通知，立時有人駕着小艇過來，道：「是衛先生？」

我道：「是，我要用『快樂號』。」

那人忙道：「一切都準備好了，你可以駕着它到任何地方去！」

我搖頭道：「我不要親自駕駛，船上一共有多少人？連你在內。」

那人忙道：「四個。」

我道：「我還有一位朋友，我們一共是六個人出海，到那個荒島去。」

我正在說話間，小郭也到了。

我並沒有注意那人的神情，轉過身去，向小郭揮手，直到我轉回身來，我才發現那人的神情很古怪，像是有什麼話要說而不敢說，而且，船上的另外三個人，站在那人的身後，也有同樣的神情。

我略呆了一呆：「你們想說什麼？萬太太不是已經通知你們了麼？」

那人支支吾吾：「是，萬太太通知過我們，你可以隨你喜歡，使用『快樂號』的。」

我道：「是啊，那又有什麼不妥了？」

那人又支吾了片刻，才道：「可是，萬太太卻未曾說，你會要我們和你一起出海！」

我呆了一呆，開始逐一打量那四個人。那四個人分明全是老於海上工作的人，這一點，從他們黝黑的皮膚，可以得到證明。

老於海上工作的人，決不會視駕駛「快樂號」這樣設備豪華的一艘遊艇出海為苦差的。可是，如今看這四個人的神態，他們的心意，卻再明白也沒有了，他們不願意跟我出海到那荒島去。

不單我看出了這一點，連小郭也看出了這一點來了，他先我開口：「為什麼？你們看來好像不願意出海去？」

那人道：「這……這……事實上，這幾天來，我們一直是睡在岸上的。」

我還未曾聽出那人這樣說是什麼意思，另一個年紀比較輕的水手已經道：「這艘船上，有古——」

他的話還沒有講完，那人已大聲叱道：「別胡說，我們只表示不願去就行了！」

我又呆了一呆，這四個人的態度神秘。我和小郭互望了一眼，那年輕水手的話沒有說完，就給人喝斷了，但是，他的話不必說完，我也可以知道他說些什麼了，他是要說，這艘船上有古怪！

船上有什麼古怪，以致令得四個習慣於海上生活的水手，竟不敢在船上過夜？

當時，我心中十分疑惑，但是我絕未將這四人的神秘態度和萬良生的失蹤事件連在一起想，由於大海是如此之不可測，歷來就有許多無稽和神怪莫測的傳說，使海上生活的人，特別多忌憚，也特別多迷信，這一點是可以諒解的。

但是，無論如何，船上究竟有什麼古怪，我必須弄清楚。

我指着那年輕的水手：「你剛才想說什麼？是不是船上有些古怪？」

那年輕水手經我指着他一問，神情更是十分慌張，他漲紅了臉，慌慌張張地搖着手：「沒……沒有什麼，我只不過隨便說說。」

小郭厲聲道：「你決不是隨便說說的，你們四個人一定全知道船上有古怪，快說出來！」

我對小郭的這種態度，實在不敢苟同，是以他的話才說完，我就伸手將他推開了半步：「如果你們不想和我一起到那荒島去，我也不堅持，可是為了調查萬先生的失蹤，我必須到那荒島去，而且一定要乘搭「快樂號」去，我想，你們也不想我有什麼意外，如果船上有什麼不妥，請你們告訴我！」

那四個水手，互相望着，他們的神情，都很古怪，更增加了神秘的氣氛。

過了足有半分鐘之久，還是那年輕的水手，最先開口，他並不是望着我，而是望着他的三個同伴：「就和衞先生說一說，又有什麼關係？」

一個年紀最長的嘆了一聲：「本來是沒有關係的，可是事情太無稽了！」

那年輕的水手道：「可是，不單我一個人聽見，我們四個人全聽見的！」

我再次呆了一呆，他們聽到了什麼？在這船上，還有什麼秘密在？我實在太亟於知道他們究竟在船上聽到些什麼了，是以我忙問道：「你們聽到了什麼？」

那年輕水手的臉，漲得更紅：「我們……我們……聽到萬先生在唱歌！」

在那剎間，我竭力忍住了，才能使自己不發出笑聲來，可是小郭卻忍不住了，他「哈哈」大笑：「唱歌？萬先生在唱歌？」

那首先和我說話的水手，立時瞪了年輕的水手一眼：「我叫你不要對任何人說！你偏偏不肯聽，這種事，講出來，沒有人會相信！」

我忙道：「那也不見得，我或者會相信，不過我還有點不明白，萬先生唱歌？這是什麼意思？能不能請你詳細說一說？」

本來，「聽到萬先生唱歌」，這句話的語意，是再也明白不過的了。但是，要知道萬良生是那樣的一個大亨，他給人的印象，是富有、強大、發號施令、擁有一切，能夠憑他的一念，使許多許多人幸福或倒霉，像這樣的一個大人物，和「唱歌」，實在是很難發生任何聯繫，所以我才不明白。

那年輕的水手道：「萬先生在心情愉快的時候，時常會哼幾句歌，流行歌曲，我們以前侍候他的時候，是經常聽到他唱的。」

我點了點頭：「你是說，在萬先生失蹤之後，你們仍然在船上聽到他在唱歌？」

四個水手的臉色，在剎那間，變得十分蒼白，但是他們卻一起點着頭。

我也感到事情的確「古怪」，但是當時，我的第一個解釋便是，那是他們的幻覺，可是不論怎樣，我也希望知道進一步詳細的情形。

我道：「是誰最先聽到的，什麼時候聽到的？」

那年輕的水手道：「我最先聽到，那是『快樂號』駛回碼頭來的第一個晚上。」

那年輕水手說到這裏，神態更明顯出奇地緊張，他不住地搓着手，而且，我可以看到，他的手心在不斷地冒着汗。

他道：「在『快樂號』不出海的時候，我們照例睡在船上，那天晚上，我們收拾好了，也都睡了，我想起還沒有餵魚——」

我打斷了他的話頭：「餵魚，餵什麼魚——」

小郭代他回答了我的問題：「船上養着很大的一缸海水熱帶魚，他一定是說餵那缸魚！」

我向那年輕水手望去，那年輕水手忙道：「是的，就是那一缸魚。」

我道：「你起來在餵魚的時候，聽到了萬先生的歌聲？」

年輕水手道：「不，是在我餵了魚離開，回到艙中的時候聽到的，萬先生在唱歌，我是說，我聽到了萬先生的歌聲！」

我呆了半晌，那年輕水手道：「當時，我嚇了一大跳，以為萬先生還在船上，我還大聲叫了一下，他們三人，都聽到我叫喚聲的！」

我立時又向那三個水手望去。

這時候，我的心中緊張之極，我以為，我要用「快樂號」出海去，到那荒島，可以找到一些萬良生失蹤的線索。

可是我再也未曾料到，我還未曾上船，便已在那四個水手的口中，聽到了如此神秘莫測的事。

我不顧小郭在一旁擺出一副不屑的姿態，我又問道：「當時，他們三人怎樣？」

第三部

神秘歌聲

那年輕水手道：「我大聲叫着，他們三個人都出來了，問我是不是在發神經？我說我聽到了萬先生的唱歌聲，他們全當我神經病，我也沒有說什麼，可是第二天晚上，炳哥和勤叔全聽到了！」

他說着，指着另外兩個水手。

那兩個水手，神色蒼白地點着頭：「是，我們都聽到的。」

另一個則道：「我是在第三晚才聽到的，從那一晚起，我們就不敢在船上住了，只是在日間，四個人一起，才敢到船上去打理一下。」

我皺着眉：「歌聲是從什麼地方傳出來的，你們難道沒有聽到，萬先生可能還在船上，因此仔細地去找一找他？」

四個水手一起苦笑着，道：「我們當然想到過，可是我們對『快樂號』十分熟悉，實在沒有可能有人躲在船上而不被我們發現。」

我再問道：「那麼，歌聲究竟從何處傳出來？」

我已經看出，小郭臉上的神情，證明他的忍耐，已經到了最大限度，果然，他立時大聲道：「聲音好像自四面八方傳來，捉摸不定！」

那四個水手立時現出十分驚訝的神色來，齊聲道：「郭先生，你怎麼知道？你也聽到過？」

小郭得意地「哈哈」大笑了起來：「我怎麼不知道？這根本是你們的幻覺，在幻覺之中，所有的聲音，全是那樣的！」

四個水手現出十分尷尬的神色來，小郭催我道：「他們不肯上船，我們是不是改變計劃？」

我道：「當然不改變，萬良生一個人都可以駕船出海，我們兩個人，為什麼不行？」

我向那四個水手道：「你們可以留在岸上，船上還有什麼別的古怪事情？」

四人一起搖頭，表示沒有別的事。我的想法和小郭雖然有點不同，但是所謂萬良生的唱歌聲，只是他們四人的幻覺，這一點，我倒也同意！

看着他們四人的神色如此緊張，我用輕鬆的語氣道：「現在是白天，請你們帶我到船上去走一遭，你們總不至於不敢吧？」

我們一起走下碼頭的石級，上了小艇，駛到了「快樂號」的旁邊。到了「快樂號」的身邊，才知道那真正是一艘非凡的遊艇。

這艘船的一切結構，毫無疑問全是最新型的，金光閃閃，整艘船，就像是黃金琢成的一樣。

如果說，我來到了它的身邊，就覺得它是一艘了不起的船的話，那麼，在我登上了「快樂號」之後，簡直就認為它是世界上最舒服的一艘船了。

它一共有五個艙房，每一個房間，都採用懸掛平衡系統。也就是說，在巨大的風浪中，不論船身傾側得多麼厲害，在房間中的人，都可能絕沒有感覺，因為房艙是懸掛着的。

這五間房艙之中，包括了駕駛艙、客廳、飯廳和臥室在內。

駕駛艙中，有着船上發動機的出品廠家的一塊銅牌，上面刻着的幾行字，證明這船上的三副強力引擎，幾乎無懈可擊。機器在任何情形之下，都有可能發生意料不到的故障，但是，只要在一般的保養情形之下，這三副引擎，決不會同時損壞。

這也就是說，就算在最壞的情形下，兩副引擎壞了，另一副引擎，仍然可以維持正常的速度航行。而當它三副引擎一起開動的時候，普通的海岸巡邏艇，無論如何也追不上它。

而它的駕駛過程，卻又簡化得如同駕駛汽車一樣簡單，幾乎任何人只要一學就可以學會。

船艙中的一切裝飾，自然不必細表，我也看到了那缸海水魚，這一大缸海水魚，也令我大開眼界，它被放置在客廳中、幾乎佔了整幅牆那麼大，裏面有各種各樣的佈置，宛若將海底搬了上來。

我看到許多以前只有在圖片上才見到過的，色彩極其艷麗的魚，也看到了小的章魚，活的海葵和珊瑚，以及許多活的軟體動物。

我看到其中有一枚奇形怪狀的螺，正在一塊巖石上，緩緩移動着。這個海螺的形狀，真是奇特極了，使我忍不住看了又看。小郭站在我的身邊，指着那奇形怪狀的螺：「這就是在毛巾中的那枚貝殼。」

我呆了一呆：「小郭，你一直只説那是一枚貝殼，沒有説那是一枚螺。」

小郭説：「那有什麼不同？」

我不禁笑了起來：「當然不同，貝殼只是貝殼，而螺卻是有生命的。」

小郭聳了聳肩，自然，看他的神情，他仍然認為兩者之間，並沒有什麼不同，他道：「當我拾起它的時候，我也不知道它是不是有生命，後來，我到了船上，就順手將之拋進了缸中，誰知道它是活的！」

我再仔細審視那枚螺，牠移動得很緩慢，殼質好像很薄，潔白可愛。這種形狀古怪，顏色淺白的螺，大多數是深海生活的種類。我自己也難以解釋我對這隻我還叫不出牠名字來的螺，如此注意，或許是因為它曾出現在萬良生的毛巾之中的緣故！

那四個水手，帶着我們，在全船走了一遍，然後，他們上了岸。

我和小郭在駕駛艙中，由我看着海圖，他負責駕駛，我們先用無線電話，向有關方面報告了出海的情形，「快樂號」就漸漸離開了碼頭，半小時之後，它已經在一望無際的海洋之中了。

在艙中，穩得就像是坐在自己的家中一樣，小郭嘆了一聲：「萬良生真可以說擁有世界上的一切了，真懂得享受。」

我笑道：「他的太太，十分可怕，但是我也不相信，那會構成他帶着另一個女人藏匿起來的原因。事實上，像他那樣的大亨，只要略伸伸手，就不知會有多少出名的美女投懷送抱了，他怎會再去守着一個女人！」

小郭道：「那也難說得很，你不記得傑克．倫敦的小說中的人物，『毒日頭』不是放棄了一切，去和一個女孩子談戀愛了麼？」

我伸了一個懶腰，道：「那究竟只是小說！」

「快樂號」在駛出了大海之後，真令人心曠神怡，小郭一個人已是可以應付駕駛，我離開了駕駛艙，在甲板上坐了一會。

當我坐在甲板上的時候，我想起小郭說，當他第一次從水上飛機上，用望遠鏡看到「快樂號」的時候，看到桌上放着一杯「蚱蜢」。

「蚱蜢」是一種雞尾酒，原料是碧綠的薄荷酒，以及杜松子酒，這種甜膩的酒，通常是女人喝的，要是小郭沒有看錯的話，這倒是一件很值得注意的事。我連忙起身，走回駕駛艙，向小郭問了這個問題。

小郭立時道：「我怎麼會弄錯？或許萬良生不敢喝烈酒，所以才喝這種酒！」

我轉身走進了客廳，在一角，是一個酒吧，酒櫥中的酒真多。萬良生看來懂得享受，在酒櫥中的全是第一流的好酒。

來到了酒吧之前，我再想起，小郭說，有一瓶酒曾倒瀉了，照說，在平衡艙中，是不會有傾側的現象的，一瓶酒跌倒，而又沒有及時扶起，一定有意外發生，才會有這樣的情形。

自然，我決無法想像得到，當時發生了什麼情形，看看瓶上的年份，都是葡萄大收年份釀製的七星級佳釀。香檳酒之上，是紅酒和白酒，再上，是威士忌，混合的和純的，名牌琳瑯滿目。

酒櫥最高的一格，是白蘭地，其中有兩瓶，陳舊得連瓶上的招紙都殘缺不全了，可能是在拍賣百年以上陳釀時，以高價買來的。

然而，沒有杜松子酒，也沒有薄荷酒。

我呆了一呆，走進酒吧去，打開旁邊的幾個小櫃和一個冰箱，裏面也沒有這兩種酒。沒有杜松子酒，就不能調製雞尾酒，而沒有薄荷酒，自然更不會有「蚱蜢」！

而且，我在酒吧中，找不到調製雞尾酒用的任何器具。像萬良生這樣講究享受的人，自然不會在喝雞尾酒時，隨便將兩種酒倒在一隻酒杯中就算數的。

我在酒吧中呆立了好一會，心中紊亂得很，我愈來愈覺得，在甲板的桌子上，出現了一杯「蚱蜢」，是不可能的事情。

但是，小郭又說得千真萬確！

我又回到了駕駛艙，當我再向他提起那杯酒來的時候，他的神情，多少有點古怪了。我將客廳酒吧中的情形，對他說了一遍，他道：「那麼，一隻雞尾酒的杯子中，有着碧綠的液體，你以為那是什麼？」

我道：「小郭，那可能是任何東西，你看到的酒，還有多少！」小郭道：「大約小半杯！」

我知道問來是沒有結果的，但是我還是要問，我道：「這小半杯酒呢？」

小郭搖頭道：「誰知道，當然是倒掉了！」

我嘆了一聲：「怎麼沒有人想到，這小半杯酒，可能是一個極大的關鍵？」

小郭又再搖頭道：「別說沒有人想到，就算是現在，我也認為你完全是在無事找事做。」

看來，小郭和我之間，意見相差太遠，我真有點後悔邀請他一起出來！

或許他現在已是一個大偵探了，我不應該再用以前的態度對待他，那會引起他的反感。但是有話如果不說，那不是我的性格，是以我還是道：「小郭，你在這件事上所以失敗，就是因為你對於應該注意的事，根本沒有加以注意的緣故。」

小郭呆了半晌，望着駕駛艙的窗外，然後，徐徐地道：「也許是，我自始至終，都將這件事，當作一件正常的失蹤案來處理，而沒有將之和別的神秘不可思議的事，連在一起。」

我站了起來，拍了拍他的肩頭：「那你就錯了，萬良生失蹤，本身就是一件神秘之極的事！」

小郭喃喃地道：「或許——」

他在講了兩個字之後，略頓了一頓，然後，伸手指着前面：「看，就是這個島。」

我向前看了一看，立時又俯下身，將眼湊在望遠鏡上。那真是一個小得可憐的荒島，兀立在大洋之中，靜僻得不能再靜。

像萬良生那樣的人，就算是和別的女人幽會，在大都市中，也有的是地方，他偏偏會揀這樣的地方，也的確有點不可思議。

在「快樂號」漸漸接近那個小島的時候，速度減慢，十分鐘之後，船停了下來，離那一小片沙灘只不過十來碼遠近，海水清可見底，游魚歷歷可數，我們一起到了甲板上。

小郭問道：「到了，你準備如何開始偵查？」

我望着那片沙灘，海水不斷湧上去，噴着潔白的泡沫，又退回來，我道：「先上去看看。照說，在這樣的情形下，不會有什麼意外發生的。」

小郭道：「那很難說，海中可以有任何古怪的事情，足以令得一個人，在忽然之間，變得無影無蹤，像萬良生那樣！」

我並不打算游泳，所以放下了一艘小艇，和小郭一起踏上了沙灘，小郭在沙灘上走了幾步，用腳踏着一處地方，道：「毛巾在這裏，當時，我拾起毛巾，那枚貝殼——那隻螺就跌了出來。」

我輕輕地踏着細而潔白的沙。思緒仍然很亂，不過，那隻螺，是人拾起來，放在毛巾中的，這一點，應該不會有什麼疑問了。

我又望着海面，海面極之平靜，萬良生在這個沙灘上時，情形一定也是一樣，因為在這十幾天來，天氣一直都那麼好，幾乎沒有任何變化。

我倒真希望這時，突然有一條海蛇，或是什麼海怪，竄上沙灘來，那麼，萬良生失蹤之謎，自然也可以立時解決了！

可是，沙灘上卻平靜得出奇，平靜得任何意外，都不可想像！

然後，我一個人開始跋涉全島，小郭留在沙灘上，一小時後，我又回到了沙灘，一點收穫也沒有。

我道：「要明白萬良生到這裏之後，有些什麼活動，應該問以前曾和他一起出海的女人。」

小郭苦笑了一下：「我碰了三次釘子！」

我笑道：「你去找過她們？」

小郭道：「自然，我有確鑿的證據，找到三個女人，曾和萬良生單獨出海，可是當我在她們面前提及這件事時，她們的態度，全是一樣的，其中的一個，還聲言要控告我破壞名譽！」

我聽了之後，呆了半晌，小郭望着我，他是一個聰明人，聰明人在看着一個人的時候，總喜歡揣測對方的心意，是以小郭望了我一會之後，看到我不說話，他就道：「你準備放棄了，是不是？」

我搖了搖頭：「不，正好相反，我在想，我應該從頭開始。」

小郭像是受了冤枉一樣地叫了起來：「從頭開始？那是什麼意思？這件事，已經有了結論！」

我仍然搖着頭：「我不認為有任何結論，我們對於萬良生的一切，知道得太少，你是從一開始就參加調查工作的，可是你就說不出，萬良生駕着遊艇出海之後，通常做些什麼事！」

小郭的神情有點惱怒：「駕遊艇出海，遊艇中除了他之外，還有一個漂亮女人，還有什麼事可做？」

我冷冷地道：「可是這一次，遊艇上只有他一個人，而且，他神秘失蹤了！」

小郭攤着手：「好了，我們不必為這些小問題而爭論——」

他講到這裏，頓了一頓，才又道：「總之，這件事，我放棄了，那胖女人既然又委託了你，我——」

他又搖了搖頭，我不禁笑了起來：「小郭，你做人不夠坦白，既然你早已對這件事沒有興趣了，何必跟我出海來？」

小郭道：「是你叫我出來的啊！」

我道：「那你也可以拒絕，我從來不勉強別人做他不願做的事，你可以坦然告訴我，你對這件事情，已同意了警方的結論！」

小郭呆了片刻，才道：「好的，我同意了警方的結論，現在，我要回去了！」

我望着平靜的海水，緩緩地道：「好的，我們先回去，然後我單獨再來！」

小郭沒再說什麼，我從他的神情上，看出他對我好像有一份歉意，我拍了拍他的肩頭：「你不必感到對我有什麼抱歉，這件事，可能追查下去，一點結果也沒有，或許你是對的！」

小郭苦笑了一下，我們兩人都沒有再說什麼，由小郭駕駛着遊艇，我因為打定了主意，在船一近碼頭之後，我立即單獨再來，在那荒島旁邊過夜，像萬良生神秘失蹤之前一樣，所以我需要休息，因為夜來究竟會有什麼事發生，是誰也不能預料的。

我到了客廳中，在柔軟的沙發躺了下來，將燈光調節得十分暗淡，閉上了眼睛。

我完全不感到自己是在一艘船上，但是思潮起伏，卻使我睡不着。

我睜着眼躺着，不可避免地，我要看到那隻巨大的海水魚缸，我看到一條顏色極其鮮艷的鷂嘴鰻，自一大塊珊瑚之後，蜿蜒游了出來，對着一條躺在海葵上的小丑魚，好像很有興趣。

我又看到一條石頭魚在抖動着身子，本來牠的身子是半埋在沙中的，一抖動，沙就揚了起來，牠醜陋的身子，大半現了出來。

我漸漸覺得疲倦，每一個人，有一個想不通的問題橫亙在心頭的時候，是特別容易感到疲倦的，我瞌上了眼睛，快矇朧睡着了。

也就在這時候，我聽到了有人唱歌的聲音。

那是極其拙劣的歌聲，聲音像是有人捏住了喉嚨迫出來一樣，唱的是流行歌曲，我心中在想：小郭怎麼那麼好興致？這樣的歌，還是不要唱了吧！

我心中想在叫小郭不要再唱，如果我那時，是在清醒狀態之下，我一定已經大聲叫出來了。可是那時，我在半矇矓狀態之中，所以我只是心中在想，並沒有講出聲來，我只是更進一步，步入睡鄉。

然而，也就在這時候，我陡地想了起來，我在上船之前，那四個水手告訴過我，他們在船上，聽到過萬良生唱歌！

當我一想到這一點的時候，我的睡意，陡地消失，幾乎在十分之一秒鐘之間，我睜大眼，直起身，坐了起來。

不管小郭在事後，用怎樣嘲弄的眼光望着我，但是我可以發誓，即使在我坐起身子的剎那間，我仍然可以聽到那種難聽的歌聲的一個尾音。

當時，我睜大了眼，在客廳中沒有人，當然沒有人，因為小郭在駕駛艙中，而船上只有我們兩個人。

在最初的幾秒鐘之中，我實在分不清那歌聲是我自己的夢，還是真的有那種聲音。但是我自己肯定了真的有那種歌聲，而不是我的幻覺，因為那種難聽的歌聲，我以前絕未聽過。

雖然，我曾聽到那四個水手說起聽到「萬良生唱歌」這回事，那足以構成我在夢中聽到歌聲，但是何以我聽到的聲音，是如此之難聽，如此之不堪入耳呢？

我呆坐了半晌，再也沒有聽到任何和歌聲相類的聲音，才站了起來，到了駕駛艙中。

這時，我的神情，多少有點古怪，是以我一進駕駛艙，當小郭向我望來之際，他立時就問：「怎麼啦，發生了什麼事？」

我道：「剛才，大約是三五分鐘之前，你有沒有聽到有人唱歌？」

小郭道：「有。」

我的神經登時緊張了起來，可是小郭立時道：「我剛才在聽收音機，收音機中，在播送法蘭辛那屈拉的白色聖誕，你指的是這個？」

我搖頭道：「不是，我指的是一個根本不會唱歌的人，在唱流行曲！」

小郭的神情，是同情和嘲弄參半的，他道：「你不見得是聽了萬良生的唱歌聲吧！」

我苦笑了一下，並沒有立即回答他這個問題，他又道：「你剛才在幹什麼？」

我有點無可奈何的道：「我在睡覺，快睡着了！」

他的話，意思實在再明白也沒有了，他既然指我已經睡着了，那麼，他也一定以為，我所謂聽到歌聲，一定是在做夢了！

我來回踱了幾步：「小郭，你聽到過萬良生的聲音沒有？」

小郭望了我片刻，道：「聽到過，我和警方人員，一起聽過一卷錄音帶，是記錄萬良生主持一個董事會議時候的發言。」

我立時道：「你能形容他的聲音？」

小郭道：「當然可以，他的聲音，就像是雄鴨子的叫聲，好像被人握住了喉嚨，又像是喉嚨處永遠有一口痰哽着一樣，聽來極不舒服，真奇怪，這種聲音的人，居然也能成為富豪！」小郭一路說，我的心一路跳着，小郭形容得十分好，我在睡意矇矓之中，聽到的歌聲，正是那樣子的聲音！

我從來也未曾聽過萬良生的聲音，如果說，我會在幻覺中聽到歌聲，那自然是可以解釋的，但是，如果說我在幻覺中聽到萬良生的聲音，那是不可解釋的。

由此可以證明，我是真正聽到了萬良生在唱歌——和那四個水手一樣！

但是，接着，有更不可解釋的問題來了，我何以會聽到萬良生的唱歌聲？萬良生明明不在船上，他已經失蹤了，我何由而聽到他的歌聲？

小郭在形容了萬良生的歌聲之後，一直在等我的答覆，但是我卻什麼也沒有說。

因為我知道，我就算說了，他也不會相信的，那又何必多費唇舌？

我轉過身，到了甲板上，緩緩地踱着步，那四個水手並不是神經過敏，因為我也聽到了萬良生在唱歌，那真是不可解釋的，他的歌聲從何而來？

我一直在想着，等到船靠了碼頭，小郭上了岸，在岸上，那四個水手，一起奔了過來，我向他們招着手，他們一起來到碼頭邊。

小郭明知道我要和四個水手說話，可是他對這件事情，既然沒有興趣了，所以，他並不停留，逕自登上車子，疾馳而去。

我對着那四個水手，略想了一想：「你們說，曾聽到萬先生唱歌，他唱的是什麼？」

那四個水手互望着，神情很尷尬，我忙道：「不必有顧忌，只管說！」

一個最年輕的水手道：「是流行歌曲，歌詞是你欠了我的愛情什麼的。」

我不由自主，揑緊了拳頭：「這首歌的調子怎樣，你能哼幾句我聽聽？」

那水手神情古怪地哼了幾句，哼完之後，又道：「這是一首很流行的歌，幾乎連小孩子都會的。」

我沒有再說什麼，在聽了那水手哼出了這個調子之後，我心中更產生了一種異樣的感覺，因為我聽到的，正是這個調子。

現在，已經有好幾個證明，可以確證我聽到過萬良生的歌聲。

但是，萬良生人已經失蹤了，他的歌聲，何以還能使人聽到？我呆呆地站在船邊上，那年輕水手又補充了一句，道：「衛先生，我們真是聽到的！」

我點頭道：「我決不是說你們在撒謊，因為——」

我略頓了一頓，才道：「因為我也聽到了！」

那四個水手，都現出極其駭然的神色來，你望我，我望你，我道：「真的，我聽到了，就在我快要睡着的時候，聲音很清楚！」

年老的一個水手，十分誠懇地道：「衛先生，我勸你算了，別再留在這艘船上，這船上……有古怪！」

我點頭道：「我知道有古怪，這也正是我要留在船上的原因。」

那年老的水手道：「何必？萬先生出了事，你何必和……和……和……」

他說不出萬良生這時的代名詞來，我接了上去，道：「你的意思是，我何必去和鬼打交道？」

那水手連連點頭，我又立時又問道：「你認為萬先生已經死了？」

那水手停了片刻，才道：「當然是死了，不然，那麼多天了，他為什麼不回來？」

這時，四個水手臉上的神情，都是極其驚駭的，我道：「你們不必怕，就算萬良生已經死了，他變成了鬼，一定也是一個快樂的鬼。」

四個水手異口同聲地反問：「快樂的鬼？」

我笑道：「當然是，你們不是說，萬先生在快樂的時候，才會哼歌曲的麼？現在，我們不斷聽到他的歌聲，他不是很快樂麼？」

雖然我說來很輕鬆，但是我的話，卻絕未消除這四個水手的緊張，我又和他們說了幾句話，才回到了船艙中，駕着船又離開了岸。

等到「快樂號」再度泊在那個荒島的海灣中時，已是斜陽西下了。夕陽的餘暉，映在海面上，泛起一片金光，景色美麗之極，我停好了船，坐在甲板上，對於眼前的美景，卻無心情欣賞。

我心中正在想，想的是我自己對那四個水手說的話。我們（我和那四個水手）假定萬良生已經死了，死了之後有鬼，我稱之為「快樂的鬼。」。關於「鬼」，我有我獨特的假設，在以前好幾個故事中，都曾經提到過，現在不妨再來重複一遍。

我的假設是：人在活着的時候，腦部活動，不斷發射出微弱的電波——腦電波。這種腦電波，有時可能成為游離狀態而存在，不因為一個人的生命是否已經結束而消失。當這種游離電波和另一個活人的腦部活動發生作用時，那另一個人就看到了「鬼」。

第四部

兩個陌生人

這種情形，勉強可以用電視的發射和接收來作譬喻。電視發射之後，我們通過電視接收機，可以看得到。而電視發射，是一種電波，這種電波有時也會以游離狀態而存在於空氣中，因此，有幾項紀錄，記載着一些怪事，例如英國的電視觀眾，忽然收到了一些十分模糊的畫面，覺得不可思議，而在經過調查之後，證明了那是一年之前法國電視發射台的節目之類。

那也就是說，游離電波忽然和電視接收機發生了關係，使一個已「死」了的電視節目，變成了「鬼」節目。

我曾經將我的這個假設，和很多人討論過，有的直斥為荒謬，有的認為，至少在理論上，這是成立的。

但是現在的情形，卻連我的假設，也無法解釋。

因為我是「聽」到聲音，而不是「看」到了萬良生在唱歌。如果說聲波也能以游離狀態存在，許多時候，那連我這個想像力離奇古怪的人，也無法接受，因為科學早已證明，聲波是一種震盪，在一定的時間，震盪擴展，聲音自然也消失了。

要保存聲音，自然有很多方法，但是卻沒有一種方法可以使聲音留在空氣之中的。

而我又的確聽到了萬良生的歌聲。

那麼：事實上，只有三個可能：

（一）萬良生在船上，躲着，在唱歌；

（二）萬良生的歌聲，經由錄音機記錄下來，再不斷的播送出來；

（三）萬良生已失蹤了，但是他的歌聲卻留了下來。

第（一）、（二）兩項可能，根本是不必考慮的了，因為萬良生絕不在船上，而且，船上也沒有人在操縱錄音機。所以，只剩下第三個可能，而第三個可能，實在是最最不可能的事！

我只好苦笑，因為我仔細思考，毫無結果，而天色已經漸漸黑了下來。

我走進廚房，廚房中有豐富的食物，我弄熱了食物之後，匆匆吃着，然後，我着亮了船上的所有的燈，天色已完全黑了。

一個人，在大海中，那麼靜，即使我是一個對任何神秘的事物，都有着濃厚的興趣的人，在那樣的情形下，也多少有一點寒意。

而更使我難以明白的是，像萬良生這樣身分的人，他何以會不在城市中享受繁華，而獨自一個人，在荒島旁邊過夜！

我在燈火通明的船上，走來走去，當我經過那隻大魚缸的時候，我忽然想起，那年輕的水手，曾托我餵魚的，於是我又回到廚房中，找到了那水手所說的一隻膠桶，桶內有許多小蝦。

我提着桶，拿着一隻網，來到了那缸魚的旁邊，將小蝦網起來，放入缸中。缸內的大魚小魚，一起過來搶食，有的魚吞下了蝦還要吞，有的魚咬着蝦，立刻躲了起來，小丑魚咬着蝦，立時送給海葵，寧讓海葵去吃，所有的魚都活動起來，很是好看。

我看了一會，轉過身，又回到廚房去，就在我快要到達廚房的時候，我又聽到萬良生的歌聲！

一點也不錯，那是萬良生的歌聲，是小郭形容他的聲音，是那水手唱給我聽的歌詞和調子，和上一次，我在睡意朦朧中聽到的一樣！而現在，我是百分之一百清醒着的！

我只聽了一句——歌聲自我的身後傳來——就立時轉過身。

而且因為那情形實在太令人吃驚，是以在轉身時，發出了一下呼叫聲。

就在我那一下呼叫聲發出之際，歌聲也靜寂了！

我呆了一呆，先是再想聽清楚，歌聲是從什麼地方傳出來的，可是，船上已變得寂靜無聲，我大聲問：「誰在唱歌？」

當然，我得不到回答，於是，我將聲音提得更高：「萬先生，你在船上？」

仍然沒有回答，我緊張得甚至忘了放下膠桶，仍然提着它，一步一步，向前走着，我每經過一扇門，就將那扇門打開來，同時大聲道：「萬先生，你可以出來了，不必再躲着！」

廚房在船尾部分，我在廚房的門口聽到萬良生的歌聲。聽到之後，我就一直向前走着，見門就開，可是我一直來到船首，卻仍然未曾看到有任何人！

船上本來就沒有人，這並不足為奇，奇的是我千真萬確，聽到那一句歌聲！

我到了船頭，又轉回身來，呆呆地站着，一時之間，不知如何才好。

過了很久，我才又緩緩地走回來，又走一遍，才回到了客廳，在沙發上坐了下來，老實說，我心中亂得需要一杯酒。我老實不客氣地開了一瓶佳釀，倒了半杯，一口喝了下去，又倒了半杯，才再坐了下來。很靜，只有浪花拍在船身上的聲音，我真想再聽到萬良生的歌聲，而且，我肯定這一次再給我聽到的話，那麼，我一定不會如此驚惶失措！

可是我聽不到，我一直等着，等到了午夜，還是沒有任何特別的聲響，我挨在沙發上睡着了。等到我睡醒，已是陽光普照，是第二天上午了！

我在船上度過了一晚，除了那一句歌之外，平靜得出奇，沒有海盜，沒有水怪，沒有大烏賊，也沒有鯊魚，如果萬良生在這裏度過的一夜，也是同樣平靜的話，他沒有失蹤的理由！

我到了甲板上，伸了一個懶腰，水潮退了很多，我可以跳到沙灘上去，而不必用小艇，在沙灘上，潮濕的沙粒中，許多小螃蟹一看到我走過來，紛紛爬進了沙灘上的小洞之中。

有幾塊因為潮水退而露出在水面的大石上，黏着很多貝殼，我順手拉下了一個來，便順手拋了開去。

我看來，好像在朝陽之下散步，可是我的心情，卻絕不輕鬆。因為我心中的疑惑，仍然沒有答案，我攀上了一塊平整的大石上，站在石上，向前望去。

這時，我看到另一艘遊艇，正以相當高的速度，在向這個荒島駛來。

那艘遊艇是白色的，和在陽光下閃着金色的「快樂號」截然不同，由於隔得遠遠，我自然看不清船上有些什麼人。

可是，那艘船，顯然是以這個荒島為目標，而疾駛過來，這就惹起我的注意，我心中閃過了很多念頭：來的是什麼人？

我心中的疑問，很快就有答案，因為船漸漸近了，我看到兩個男人，站在船頭，在用望遠鏡觀察着，其中的一個，觀察的目標竟然是我。

他們穿着白色的運動衣，白色的短褲，看來很有點像運動家。

站在巖石上，被人用望遠鏡來看，那自然不是一件很有趣的事，所以我揮着手，表示我也看到他們了。

果然，我一揮手，那兩個人都放下了望遠鏡來，也向我揮着手。

不多久，那艘船，就來到了「快樂號」的旁邊，停了下來，那兩個人自然跳了下來，落在潮濕的沙灘上，這時，他們與我相距，只不過二十來步！

我剛想跳下石頭來，只聽得其中一個，忽然大聲叫道：「喂，你怎麼改變主意了？」

我陡地一呆，那人大聲叫出來的這句話，實在是一句很普通的話，可是，這個人為什麼要對我説這樣的話呢？我根本不認識他，而這句話，只有在熟人之間才用得上。

我呆了呆之後，心中的第一個念頭便是：那人認錯了人！

我第二個念頭是：他們決不可能認錯人的，因為「快樂號」是如此之獨一無二。

那時，這兩個人已來到了離我只有三五碼之處，我已經可以將他們看得清清楚楚了！

他們身高六呎左右，是兩個十分壯健的大漢，臉上都帶着笑容，他們的容貌很普通，看來一點也不討人厭，但也不會給人深刻的印象。

我自石上躍下：「兩位，你們認錯了人吧？」

我們相隔得既已如此之近，我説他們認錯人，他們一定該直認的了。可是，那兩人卻現出了十分驚愕的神情來，望定了我。

他們望了我幾秒鐘，其中一個才道：「我們認錯了人？哦，真對不起。」

這人這樣講法，更是令人莫名其妙！

他剛才對我大叫，問我為什麼「改變主意」，現在和我距離如此之近，明明可以知道他自己認錯了人，可是在經我指出之後，他反而像是不相信我的話！

這種情形，只證明了一點，雖然他們來到了離我如此之近的地方，但是他們仍然認不出我是什麼人來。然而，那怎麼會呢？他們應該看得出，我對他們來說，是一個十分陌生的臉孔！

我呆了一呆，才道：「你們認為我是什麼人？」

那兩個人互望了一眼，在那一剎間，或許是由於我的心理作用，也或許是事實，我覺得這兩個人的眼中，閃耀着一種十分神秘的光芒。

他們的言語也是很閃爍的，他們並沒有直接回答我的問題，其中的一個道：「你們看來差不多！」另一個則立時接着道：「這裏很清靜，是不是？」

我聽得出，那另一個人，忽然提到這裏「很清靜」的目的，是想將我的問題岔開去。

而從第一個說話的人的話轉來，我和他們所錯認的人，樣子一定很像，因為他說「你們看來差不多」。

他們兩人各說一句話，立時轉過身，向外走去，我當然不肯就此干休，我自那塊大石上，跳了下來：「等一等！」

那兩人站定，望着我，我道：「你們認錯了人不稀奇，可是只有一艘船停着，你們應該認得出，我的船是與眾不同的！」

我的問題，可以說已經是很不客氣了，事實上，人家認錯了人，已經說了對不起，我也不應該再向人家追問什麼的了。

但是，這兩個人的態度，十分古怪，我總覺得要追問個水落石出才好。

當我在那樣說的時候，我已經準備他們兩個人發怒。可是出乎我意料之外，他們非但沒有發怒，反倒笑了起來。

那最先和我說話的一個，一面笑着，一面道：「就是你的船，使我們有了錯覺，他的船，和你的船一樣！」

這一句話，不由得令我的心頭「怦怦」亂跳，我心跳，當然不是因為害怕，而是因為興奮、緊張，和極度的疑惑。

如果我的船，只是一艘普通的遊艇，那麼，這個人的話，是可以成立的，因為，普通中小型的遊艇，在外型上，都是差不多的！

但這時，停泊在海灘旁的卻是「快樂號」，這艘金光閃閃的遊艇，可以說是世界上的獨一無二的，他們決不應該認錯。

唯一可以解釋的，他們將我錯認成了萬良生。然而那更不可思議了，我和萬良生，可以說沒有什麼地方是相同的，如果硬要找出一個相同之處來，那麼，只有一點相同，那便是，我和萬良生都是黃種人，如此而已，單只有這一點相同，決不會導致他們認錯人，除非，另外有一個人，和我很相似，曾經使用「快樂號」以及在這裏和兩個人相見過。那麼，這個人，和萬良生的失蹤案，是不是有關係呢？

當我想到這一點時，我肯定已經捕捉到一點東西了。

自然，這時我還不能説我捕捉到的是什麼，但是那可能是整件神秘失蹤案中的關鍵！

我一面心念電轉，一面又問道：「兩位，你的意思是，曾在這小島上，遇到過一個人，這個人的船和我那艘船一樣？」

我一面説，一面伸手，指着在陽光下，金光閃耀的「快樂號」。

那兩個人像是沒有什麼機心，他們隨口回答道：「根本就是這一艘！」

我又踏前了兩步，也許是我那時的神色，十分緊張，所以，當我來得離他們更近的時候，那兩個人，都以訝異的目光望着我。

我沉聲道：「兩位，這件事十分重要，請你們切實回答我，你們遇到的那人，是什麼樣子，詳詳細細形容給我聽，因為這個人，可能是一件十分重要案件中的主要人物！」

那兩個人望着我，等我説完，又互望了一眼，其中的一個才道：「那個人和你差不多，不然我們也不會認錯人了。」他又問另一個人道：「是不是？」

另一個人點頭道：「是！」

我吸了一口氣道：「你們遇到這個人，是在什麼時候，什麼樣的情形之下？」

那兩個人皺起了眉，看他們的情形，像是不願意回答我的這個問題。

果然，他們兩個人中的一個道：「我們一定要回答你這個問題麼？」

我大聲道：「一定要，那太重要了！」

那兩個人一起聳聳肩，像是不明白這件事有什麼重要性一樣。

而在這時候，我心中疑惑，也到了極點！

這幾天，幾乎全世界的通訊社，都報道過大富豪萬良生神秘失蹤的事件。除非這兩個人根本不看報紙、不聽收音機、不看電視，否則，他們萬無不知萬良生失蹤之理。而他們如果知道萬良生失蹤事件，當然也應該知道這件事的嚴重性，也應該認出「快樂號」來。

可是，看他們的情形，卻像是什麼也不知道。

這世界上，當真有不看報紙、不聽收音機、不看電視的人？

我一面在疑惑着，一面又連催了幾次，那兩人中的一個才道：「記不起在幾天前了，也是早上，那人在沙灘上曬太陽，我們遇到他的。」

我疾聲道：「大約多少天？」

那兩人笑了起來：「問倒我們了，我們真不記得有多少天了，為什麼那麼重要？」

我的思緒，亂到了極點，思潮起伏，根據小郭所說，他是首先發現「快樂號」的，時間是在下午——自然是萬良生失蹤當天的下午，萬良生可能是在那一天清晨到下午這一段時間中失蹤。

自那天起，這荒島上和荒島附近，就佈滿了軍警的搜索人員，那兩個人自然不會是在那天之後，才在這個沙灘上遇到有人在曬太陽的。

那麼，他們遇到有人在沙灘上曬太陽的那一天，可能就是萬良生失蹤的那一天，他們遇到的人，最可能就是萬良生！

然而，萬良生和我不像，我已經說過，我們之間，唯一相同之處，只不過都是黃種人而已。

而那兩個人，又全然不知道發生了什麼事，這更是絕不可能的事！

我覺得有向他們兩人從頭說起的必要，是以我道：「是的，很重要。一個人失蹤了，這個人，就是這艘船的主人。他是一個極重要的人物，他失蹤了，你們是不是曾見過他？或者見到他被別的什麼人，用暴力侵犯？」

那兩個人用心聽我説着，等我說完，他們又一起笑了起來！

我的話有什麼可笑的？我想不出來，但是他們兩人，的確在笑着，而且，他們的笑，決不是做作出來的，我不禁有些氣惱：「別笑，你知道警方動用了多大的力量來找這個失蹤的重要人物？」

那兩人止住笑聲，但是神情依然很輕鬆。

我已經盡量將事情說得十分嚴重的了，可是我顯然失敗，這兩個人，一點不覺得有什麼嚴重之處，其中的一個，伸手在我的肩頭上，輕輕拍了一下：

「朋友，別緊張，他現在很好！」

另一個人也道：「別去打擾他，由得他自己喜歡吧，他有權利選擇自己喜歡的日子。」

這兩個人的話，令我完全呆住了！

因為聽他們的說法，他們像是完全知道萬良生失蹤的內幕！

我不知有多少問題要問他們，但是我揀了一個最直接的問題，我大聲道：「他到什麼地方去了？」

那兩個人望着平靜的海面，在他們的眼中，又出現那種神秘的光芒來，他們異口同聲地道：「誰知道，只有他自己知道！」

我覺得我要採取行動了，這兩個人，顯然知道很多有關萬良生失蹤的內幕。

我雖然還不能肯定，這兩個人有沒有什麼犯罪行徑，但是他們那種神秘、閃爍的言詞，總叫人覺得他們對萬良生的失蹤要負責任。

我陡地伸手，抓住了他們中一個人胸前的衣服：「聽着，說出來，萬良生在什麼地方，你現在不說，等到警方人員到了，你一樣要說的！」

那人被我抓住了衣服，就大聲叫了起來：「喂，你幹什麼？」

他一面叫，一面伸手來推我。

當我出手抓住那兩個人的一個的衣服之際，我已經打定了主意，他們一共有兩個人，我要對付他們，就必須先打倒其中的一個！

所以，當那人伸手向我推來之際，我一伸手，抓住了那人的手腕，身子一轉，手臂一扭，只聽得那人怪叫一聲，整個人已被我摔了起來，結結實實，跌在沙灘上。

我估計那被我摔在沙灘上的人，在兩分鐘之內，起不了身，是以我立時又衝向另一個，我雙手疾伸，抓住了他的肩頭。那人大叫了起來：「喂，你是人還是猩猩？」

在那樣的情形下，那人發出了這樣的一個問題來，令我也不禁很欣賞他的幽默。但是我的動作，卻並沒有因此而減慢十分之一秒！

我雙手揚起，一起向他的頸際，砍了下去，「啪啪」兩聲響，那人中了我的兩掌，眼睛向上翻着，身子搖晃着，倒了下去！

我再回頭看那個被我摔倒在沙灘上的人，他顯然也昏了過去。

我拍了拍手，頗以自己的行動快捷而自豪。我在想着：我應該怎樣呢？這兩個人，一定和萬良生失蹤有關，雖然他們的話，還有許多不可理解之處，例如他們竟認為萬良生和我很相似之類。

但是，這兩個人，一定知道萬良生的下落，我有必要將他們交給警方！

要將他們交給警方，有兩個辦法，一個辦法是將他們兩人，弄上「快樂號」，我加快速度，駛「快樂號」回去。另一個辦法是，我和警方聯絡，請警方人員，立時搭直升機趕來。

當然後一個辦法可靠些，因為他們有兩個人，我在押他們回去的時候，他們可能會反抗！

我後退着，向後退去，一面仍然注視着這兩個人，他們仍然昏在沙灘上。

我返到了海邊，轉身，跳上了「快樂號」。立時奔進了駕駛艙，開始無線電聯絡，和警方的無線電聯絡，很需要費一番功夫，我無法確切說出我究竟費了多少時間，大約是兩分鐘，或者三分鐘，正當我開始呼喚的時候，我聽得艙門口有腳步聲，我立時轉過頭來，只見那兩個人已來到艙門口了。

我立時起身，神情緊張，瞪着那兩個人，那兩人略為張望了一下，像是若無其事一樣，走了進來，其中一個向我道：「喂，你怎麼和他不一樣？為什麼要這樣對付我們？」

我大聲道：「站着別動，我已通知了警方，他們快來了！」

那兩人的神情更訝異，一個道：「為什麼？我們做錯了什麼事？」

我冷笑着：「別裝模作樣了，你們令得萬良生失蹤，至少，你們知道他去了何處！」

那兩個人的態度，卻一直如此輕鬆，和我的緊張，恰好相反，他們道：「真的，他現在在什麼地方，我們完全不知道，但他如果改變了主意的話，一定會出現的，你焦急什麼？」

這人的話，說得更肯定了，我慢慢向前逼近去。

他們兩人的態度，雖然很輕鬆，可是一看到我向前逼近去，他們就立時後退。但雖然他們退得很快，他們的那種神態，總是十分古怪的，我很難以形容，勉強要形容的話，就是他們一點也不認真，好像我和他們在玩捉迷藏一樣，一面向外迅速退去，一面還在笑着。

我立時又追了上去，他們兩人一直退到船舷邊，我以為他們已經無路可退了，他們一個轉身，縱身跳進了海中，我奔到船首，看着他們向前游去，我也縱身跳了下去，我自問游泳的速度，不算是世界冠軍的水準，要在水中，追逐普通人，也是沒有問題的。

是以，當我在水中，用力向前划着的時候，我對於再捉到他們兩人，還是充滿信心的。

可是，這兩個人在水中的動作，卻快得出奇，當我游出了不多遠，抬起頭

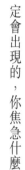

來向前看時，只見那兩人，已經登上了他們駕來的船。那時候，我和他們之間的距離，足有四五十公尺！

那實在是不可能的，當我跳下水，開始追逐他們的時候，我和他們相距很近，就算他們游得和我一樣快，我們之間的距離，應該不變，可是現在，他們多游了近五十公尺！

我追不上他們了，而且，我發現自己的處境，極其危險，因為我還在水中，而他們兩個已經上了船，其中的一個已奔進了艙中，他們的船，已在移動，如果他們駕着船，向我疾衝過來的話，我是根本無法躲避的！

我這時唯一的辦法，就是向海水深處潛去！

我連忙翻了一個身，潛向海底，一面仰頭向上看着，我看到海面之上，生出了一蓬白色的水花，那艘船，在向遠處駛去。

當我又浮上海面的時候，那兩個人的船，只剩下一個小白點，立即就看不見了。

我在海面上浮了一回，再向前游着，回到了「快樂號」上。

我心中亂到了極點，當我在甲板上坐下來的時候，我甚至提不起勁來抹去臉上的水珠。

我遇到的這兩個人是什麼人？他們的話，實在太神秘，太不可思議了。他們是不是曾遇到過萬良生？他們是不是知道萬良生的下落？

一連串的問題，在我腦中擁擠着，而當腦中有那麼多的問題，卻又無法獲得答案之際，那實在是十分苦惱的一件事情。我的思緒，一時之間無法平靜下來，直到過了好久才再想起，那兩個人的神秘之處實在太多，例如，我離岸上船，只不過兩分鐘的時間，他們分明是被我擊昏過去的，如何會突然出現在駕駛艙口？

第五部

一枚深水螺

我又回想着當時我游泳去追他們的情形，照他們的游泳速度來說，只怕連世界游泳冠軍，都要自嘆不如！

再加上他們雖然始終未曾說出，他們曾遇到的是什麼人，只說那人和我相似，我自問一點也不像萬良生，然而，聽他們的話，那人確然像是萬良生！

當我想起這許多疑點的時候，我是身在警局的高級人員——傑克上校的辦公室之中。

當天，我在那荒島上，一直等到黃昏，希望能再見到那兩個人，但當我發現我就算再等下去，也是白等之際，我就駕船回來。

在回程中，我和傑克上校取得了聯絡，向他大約報告了我遇見那兩個神秘人物的經過。是以我一上岸，一輛警方的車子，便將我直送到了警局，進了傑克上校的辦公室，小郭也被上校請來了。

於是，我再將經過的情形，詳細的敘述一遍，當然，我在敘述的時候，也將再想到了的幾個疑點，一起提了出來，以作共同研究。

小郭和傑克上校兩人，都一聲不出，聽我講着，等我講完，又提出了我的疑點，令我惱怒的是，傑克上校，竟然打了一個呵欠。

我有點憤然：「上校，你應該動員一切力量，去找那兩個人！」

上校冷冷地道：「如你所說，他們游泳的速度，都如此之快，怎麼還找得到他們？」

我怒意在上升：「什麼意思，你根本不相信我所講的話？」

傑克上校搖着手：「別發怒，事實上，我就算相信你所講的每一個字，我也無法採取行動！」

我吼叫道：「為什麼？」

傑克上校道：「那兩個神秘人物，他們遇到的人，和你相似——這是你自己說的——而萬良生，你自己看，和你像麼？」他一面說一面推過了一張萬良生的放大照片來。

我根本不必再看萬良生的照片，早已知道我和他不像！

傑克上校又道：「照這兩個神秘人物所說，他們知道一個人的下落，那個人和你相似，而我們又未曾接到這樣人物失蹤的報告，你說，叫我如何採取行動？」

無法反駁傑克上校的話，因為在事實上，他的話很有理由，無從反駁。

傑克上校也看出了我的尷尬相，他又道：「而且，那兩個神秘人物的船，船名叫什麼？你連這一點都講不出來，我們怎麼查？」

當時，我的確沒有注意到他們的那艘船的名字，那自然是我的疏忽。

傑克上校的神態更得意了，他再道：「照你所說，這艘船，在離開的時候，是向西南方向駛去的，速度極高，是不是？」

直到這時候，我才講出一個字來：「是！」

傑克「嘿嘿」地笑了起來，將桌面上的一份文件，向我推了過來，道：「在接到你的初步報告之後，我已經下令調查，這是有關部門給我的答覆，請你看。」

我望了望他，再看那份文件，在那份文件上，有着一幅海圖，標着經緯度。我立時在這份海圖上，找到了那個荒島。

傑克上校在提醒我：「請你看西南方！」

我看海圖的西南方向，上面成弧形，畫着許多大小不同的船隻。這些船隻，距離那荒島，大約是四五浬左右，我道：「什麼意思！」

傑克道：「海軍正在那裏，進行大規模的演習，這艘船如果向西南方駛去，一定會被發現，可是事實上卻沒有人見過。」

我呆了半晌，傑克上校「哈哈」大笑了起來，我懊喪地道：「有什麼好笑？」

傑克上校道：「根據我的判斷，你所遇到的那兩個神秘人物，只不過是兩個在演習中負責執行巡邏任務，而又富於幽默感的兩個海軍人員，衛斯理，他們和你開了一個不大不小的玩笑！」

我的臉迅速漲紅起來，我知道傑克上校的推測是錯誤的！

可是，我卻又想不出什麼話來反駁他！

我用力拍着桌子：「如果真是有那樣兩個海軍人員的話，你去將他們找出來！」

傑克攤着手：「何必？誰會像你那麼認真，一些玩笑也開不起？」

我狠狠地瞪着上校，又轉頭去望小郭，小郭雖然自始至終沒有說過一句話，但是一望便知，他站在傑克上校那一邊。他之所以不說話，只不過是因為他不想得罪我而已。

我吸了一口氣：「好，既然如此，那就算了，以後，我不會再來麻煩你們了！」

傑克上校道：「不要緊，我們歡迎有任何線索，萬良生畢竟是一個重要人物！」

我「哼」了一聲，轉身走了出去，懷着一肚子悶氣，回到了家中。白素開門給我，第一句話就道：「萬太太打了兩次電話來找你，她說，她要知道，你進行得怎樣，是不是有了結果。」

我不加思索，就道：「你打電話去告訴她，我已經有了新的線索，但是還不確切，我要繼續使用『快樂號』，叫她別心急。」

白素也看出我的神情很沮喪，所以她不再說什麼，去打電話。

萬太太的聲音，響得我離電話有幾步還都聽到，我沒有聽下去，走進了書房。

在警局的時候，我本來是還想和傑克上校提一提，我曾聽到萬良生唱歌一事的，但是我終於沒有提，要是說了的話，除了增加傑克上校對我嘲笑之外，還會有什麼特別的結果？

但是，事實上，我的確聽到萬良生唱歌，我必須相信自己的聽覺。

但是那必須肯定萬良生當時是在我的附近。可是事實上，萬良生不在。

我想得有點頭痛，以致白素在我的身後站了很久也不知道，直到我轉過身來，她才溫柔地道：「你又遇到了什麼怪事？」

我嘆了一口氣，將在那個小島上，遇到了那兩個神秘人物的事，詳細和白素講了一遍，最後道：「傑克上校的結論是，那兩個人，是和我開玩笑的海軍人員。」

白素皺着眉，道：「也有這個可能，但是，他們一上來的時候，好像是認識你的。」

我回想着當時的情形：「是的，他們之中有一個人，隔老遠就向我叫道：你改變了主意？沒有人會對一個陌生人說這樣話的。可是當我提醒他們的時候，他們還像是不相信。」

白素顯然留心聽過我的敘述，她立時接口道：「他們中的一個說：你們看來都差不多！」

我點頭：「是的，這句話也完全不可理解。」

白素道：「這句話倒可以理解，那兩個人，一定不是東方人？」

我聽得白素那樣說法，不禁呆了一呆。

那兩個人是東方人還是西方人，連我在內，也說不上來，而且，我從來也未曾注意到這一個問題，因為我覺得那沒有什麼關係。

當然，我還清楚地記得這兩個人的樣子，可是現在叫我來判斷這兩個人是什麼地方的人，我也說不上來。他們的英語極其流利，但是他們的膚色，卻是古銅色的，真要下斷語的話，我會說他們是中亞細亞一帶的人，但是，那又有什麼關係呢？

我將自己看法說了出來，白素道：「當然有關係，我們是中國人，如果有一個日本人迎面走來的話，我們很容易就分得出，那是一個日本人，可是叫一個歐洲人去區別日本人和中國人，就很困難，在他們看來，中國人和日本人是一樣的，正像在我們看來，法國人和荷蘭人，沒有什麼分別一樣。」

我笑了起來：「你的解釋聽來很精妙，但是事實上，是混淆是非的，要知道，那兩個人並不是將我誤認為日本人，而是將我誤認為另一個人，事實上，那另一個人和我是毫無相同之處的。」

白素道：「你認為他們將你認作了什麼人？」

我道：「當然是萬良生！」白素望定了我，皺着眉，看她的樣子，像是想在我的臉上，找出我和萬良生相似的地方來。然而，她卻失敗了！

她緩緩地搖着頭：「你的確不像萬良生，一點也不像。」

我道：「就是因為這樣，所以，那兩個人是沒有理由認錯人的。」

白素揚了揚眉：「那麼，只有一個可能，那兩個人並不是將你錯認為萬良生，而是將你錯認為另一個人了，這個人是和你相似的。」

我呆了片刻：「從整件事情來看，好像不應該另外有一個人存在。」

白素道：「為什麼不可能？或許萬良生為了某種秘密的原因，要和那人在海上相會，他雖然是一個人出海的，但是那荒島卻是每一個人都可以去的地方！」

我又嘆了一聲，這一件事，本來已經夠複雜的了，現在，好像另外有一個人物的可能性，愈來愈高．那豈不是更複雜了？

我呆了片刻：「剛才，萬太太在電話裏說了些什麼？」

白素道：「她倒很客氣，聽到我說你有了新的線索，她就大罵萬良生，說是如果找到了他，一定要給他一點厲害看看。」

我聽了，不禁苦笑了起來：「萬良生如果真是為了逃避他的妻子而失蹤的，那麼，他一定不會自行出現！」

白素沒有再說什麼，過了片刻，她才問道：「你準備什麼時候再出海？」

我苦笑着：「出海有用麼？」

白素道：「當然有用，你第一次出海，不是已經有了很大的收穫了麼？至少你見到了那兩個神秘人物，如果可以再見到他們的話，事情就能水落石出！」

白素的話，我倒是同意的，可是，有什麼辦法，可以再見到那兩個人？在經過了上次的追逐之後，那兩個人，可能再也不會出現了！

我的神情仍然很沮喪，白素自然看出了這一點，是以忙道：「再去一次，我們一起去！」

我笑了起來：「你以為去度假？」

白素有點生氣了，她睜大眼睛：「別神氣，你以為是和你一起去，一點也不能幫你的忙？上一次如果有我在，那兩個人就可能走不了！」

我不準備和她爭辯，只是道：「那也好，總比我一個人再去呆等的好。」

白素道：「什麼時候？我是說，我們立即啟程！」

我伸了一個懶腰，這件事，由於毫無進展，悶得有點使人提不起精神來。

就在我伸懶腰的時候，白素伸手將我拉了起來，大聲道：「走吧！」

看來，她對這件事的興趣，像是比我還高，我又伸了一個懶腰，簡直是被她一直催出門去的。

當我們又在「快樂號」上，快駛近那荒島的時候，已經是夕陽西下了。

我一直在駕駛艙中，白素在那段時間中，走遍了整艘船，當她回到駕駛艙來的時候，她道：「你有沒有注意那缸海水魚？」

我道：「當然注意過，我還餵過牠們！」

白素道：「缸裏有很多貝類動物，其中有一隻，你注意到沒有？」

我知道她所說的，一定就是小郭在沙灘的毛巾中找到，放進缸去的那一隻，是以我點了點頭：「那隻螺的樣子很特別。」

白素卻皺起了眉，道：「你對貝類動物的認識不深，所以不覺得奇怪。」

我覺得自尊受了傷害，大聲道：「那隻螺，不過樣子奇怪一些而已，事實上，貝類動物的樣子更古怪也有！」

白素道：「值得注意的，並不是牠的樣子，你知道這枚螺，叫什麼名字？」

白素這一問，真是問倒我了，我當然叫不出這枚古裏古怪的螺的名字來。我只是道：「螺的名字，各地都不同，哪裏有確切的名字？」

白素笑了笑：「有的，這枚形狀怪異的螺，叫作『細腰肩棘螺』。」

我不服氣地翻着眼：「那又怎樣？」

白素道：「這種螺，並不多見。」

我立時道：「不多見，並不代表沒有。」

白素皺了皺眉，她仍然道：「貝類生物在海洋中生活，層次鮮明，每一種貝類，幾乎都有固定的深淺層，很少越界，而這種螺，是深水螺，小郭說他在沙灘上拾到，有點不可思議。」

我呆了一呆，的確，我未曾想到過這一個問題，而這確然是一個大問題，我忙道：「或者，是浪潮將牠捲上沙灘來的。」

白素道：「有可能，但如果是這樣的話，那麼海的深處，就一定有過巨大的變化，不然，這種深水螺類，是不會出現在沙灘上的。」

我又呆了片刻，白素繼續在發揮她對貝類學的知識：「細腰肩棘螺是和珊瑚共棲的，然而那海水魚缸中，只有活的海葵，並沒有活的珊瑚，照說，這螺不能在這缸中生活那麼久，但是，牠卻生活了很多天。」

從小郭將那隻螺拋進缸中起到現在，的確已經有很多天了！

我翻着眼，因為我仍然看不出，這枚形狀古怪，名稱古怪的螺，和整件事，究竟有着什麼關係。

白素有點焦急：「難道你一點沒有興趣？在生物學上，這是很反常的一種現象！」

我嘆了一口氣：「我承認，但我們並不是為了研究軟體動物而出海來的，我們的目的，是找尋一個神秘失蹤的人！」

白素立時道：「不錯，可是，你不認為，那枚細腰肩棘螺，出現在應該屬於萬良生的毛巾之中，是一件值得研究的事，是一個重大的線索？」

我望了她半晌：「我實在不明白，你想要說些什麼，你不妨說得具體一些。」

白素道：「好的，這種螺，在記載上，說得很明白，牠生活在一百公尺到兩百公尺的深海中，不會自己到沙灘上來，尤其當牠還是活的時候。」

我攤着手：「我仍然不明白。」

白素提高了聲音：「事情很明顯，在那個荒島附近的海域中，海水內，一定曾有過什麼我們不可測的變化，導致一枚深海的貝類生物，到了沙灘上，也導致萬良生的失蹤！」

我呆了半晌：「照你這樣的說法，和警方的推測，倒十分相似，警方也說，萬良生可能是被海中的什麼怪物吞噬了的。」

白素立時道：「我沒有提及什麼海中的怪物，只是提到海水中有變化！」

我笑了起來：「那有什麼不同？」

對於她的意見，未曾受到我的尊重這一點，白素很生氣，她用手指，戳着我的額頭：「你怎麼還不明白，我們要潛水，潛到海水中去探索真相，而不是像你那樣，在船上等，在沙灘上等！」

我沒有再說什麼——那並不代表我已經同意了白素的說法。

事實上，我還是不同意白素的看法，只不過我不想和她繼續爭論下去而已。因為我曾在那荒島的沙灘旁，過了一夜，我可以確知，海水中其實並沒有什麼變化。在海底如果有所變化，那麼在海面上，一定是可以察覺出來的。而那一帶海面，卻如此之平靜，那怎能說海底有變化呢？

至於那一枚形狀古怪的螺，牠為何會出現在沙灘上，當然值得研究，但是我認為，那和萬良生的失蹤，決不發生直接的關係。

可是白素卻不肯就此放棄她的意見，她又道：「船上有潛水設備的，是不是？」

我點頭道：「應有盡有。」

白素道：「那就好，船一停妥之後，我們就開始潛水，或者，我一個人潛水。」

她那樣說法，自然是因為看到我不怎麼起勁之故。

我反倒笑了起來：「何必，我們一起潛水，有什麼不好？好久沒有享受這樣的情調了！」

白素瞪了我一眼，沒有再說什麼。

在「快樂號」接近小島，停下來之前的那段時間內，白素變得很忙碌，她將「快樂號」上的潛水用具，一起搬到了甲板上，詳細檢查它們的性能。

當我停好了船，也來到甲板上時，看到了那些用具，也不禁嘆了一聲。

有錢，畢竟是好的，萬良生決不可能是一個潛水運動的狂熱者，但是在「快樂號」上，潛水用具之完備，卻令人嘆為觀止，其中有海水推進器，那還不出奇，最奇的是有一具海底步行的潛水服裝，真不知萬良生買了來，有什麼用處。

白素一看到我到了甲板上，便道：「怎麼樣，我們現在就開始？你看，這裏有氧氣供應的頭罩，頭罩內還有無線電對講機設備。」

我笑道：「那真好，在海底我們也可以說話！」

白素將一部分用具，推到我的腳前，我們開始換上橡皮衣，然後，放下海底推進器，一起下了水，在船旁，還未全身下水之際，相互替對方旋好頭盔，試了試無線電對講機。

在那樣完善的設備之下，潛水實在是一件賞心樂事，我們一起進入水中，手拉着推進器的環，在海水中前進着。

開始的時候，海水很淺，很明澈，等到逐漸向前去的時候，海水變得深了，我們着亮了推進器尖端的燈，看了看深度，已經是一百二十公尺了。

我道：「你準備潛到什麼深度？」

白素道：「先在這一帶看看。」

於是，我們減慢速度，就在這一帶，緩緩轉動着。我們這時，離海底大約五六公尺，推進器的旋葉，將海底潔白的海沙捲了起來。

在燈光的照耀下，海底的一切，全都看得很清楚。海底是一個極其奇妙的世界，我想不必多費筆墨來形容了，這一帶的海底，有着不少巖石，巖石上生滿了各種生物，有的是珊瑚，有的是海綿，在一大叢海葵上，顏色鮮艷的小丑魚在追逐着。

我們也看到了很多貝類生物，可是卻未曾見到有一枚細腰肩棘螺。這種螺，本來就不是常見的生物，找不到也不足為奇。

我們在這一帶的海底，足足轉了半小時，我才道：「看來，沒有什麼發現！」

白素接近一塊巖石，伸手在石上，取下了一隻正在石上爬行着的虎斑寶貝，又順手將牠拋了開去，她嘆了一聲：「奇怪，我們應該可以找到幾隻細腰肩棘螺的。」

我立時道：「就算找到了又怎麼樣？」

白素不回答我的問題，又操縱着推進器，向前駛去，我看到前面，是一大堆巖石，那堆巖石很高，約莫有二十公尺。在巖石的底部，好像有幾個黝黑的巖洞，而白素正是向着其中一個較大的巖洞而去。

我唯恐她會遇到危險，是以忙跟在後面，在我們快接近巖洞的時候，有兩隻足有一公尺長的章魚，自洞中迅速游了出來。

同時，我們也看到，巖洞的附近，生着很多海綿。

潛水者都知道，在海中遇到海綿，並不是一件愉快的事，有很多種海綿，會分泌出具有惡臭的膠狀物質來，給這種東西沾上身子，氣味可能歷久不散！

但是這時，我和白素，卻一起向那塊海綿靠近，因為我們都看到，有三隻細腰肩棘螺，正在海綿之上，緩緩爬行着。

白素比我先趕到一步，立時伸手，取到了一隻，我也取到了另一隻。螺一到了我們的手中，身體就縮進了殼中，這種螺，有很薄的橘紅色的蓋，這時也緊縮在貝殼的裏面。

白素手中拿着螺，轉過頭來望着我，道：「你說，在離沙灘相當遠，又那麼深的海底的螺，有什麼理由，會出現在沙灘上？」

我道：「那可難說得很，有很多理由，可以使牠們出現在沙灘上，牠們究竟是會移動的生物！」

白素「哼」地一聲：「我不相信，我要到那洞裏面去看看！」

那個洞，這時離我們很近，白素一面說着，一面已將推進器的一端，對準了巖洞，燈光射進巖洞去，那巖洞的洞口，大小只能容一個人進去，可是燈光射進去之後，看來卻十分深邃。

我連表示自己意見的時間都沒有，白素已經控制着推進器，向着巖洞駛去了，我只好跟在她的後面。

當我們進了那巖洞，發現裏面很寬大，可是在前進了不多久之後，前面就出現了一條狹窄的通道。

那個巖洞，看來並沒有什麼特別，在有巖石的海底，可以說隨時可見。

但是，當我們到了那種窄縫前面的時候，卻看到了一個極其奇怪的現象，那便是，在窄縫中，不斷有巨大的氣泡冒出來。

那種巨大的氣泡，一從窄縫的頂端冒出來之後，便向上升去，積聚在巖洞的頂部。也直到這時，我們循着冒出來的氣泡，抬頭向上望去，才發現了一個更奇特的現象。

那許多氣泡，升到了巖洞頂之後，便合併了起來，成為一個更大的氣泡，也就是說，那巖洞的頂部，離頂上的巖石，有很大空間，是完全沒有海水的一個大氣室。

一看到了這種情形，我和白素兩人，都呆了一呆，白素立時道：「裏面有着什麼？」

我道：「可能是海底的沼氣！」

白素向上升去，我也跟着上升，不一會，我們兩人的頭部，都已離開了水，而在那氣室之中了。當然，我們仍然戴着頭盔，氣室中的氣體，和空氣沒有什麼分別，無色，我們也無法知道它是不是有特殊的氣味。

當然，我們也不會傻到除下頭盔來，去呼吸一下這種氣體。

自那個陜窄的石縫中，氣泡仍不斷地冒出來，氣室正在漸漸擴大，我道：「看來，這種氣體，會溢出巖洞，升上海面！」

白素道：「太奇怪了，我們要去根究這種氣體的來源，看看究竟是什麼道理。」

我們又一起沉了下來，那窄縫實在太窄了，根本無法容推進器通過，人倒可以勉強擠進去的。

於是，我們將推進器留在窄縫之外，我在前，白素在後，提着提燈，一起游了進去。

在我們游進去的時候，還不斷可以碰到巨大的氣泡迎面而來，一碰到我們的身子，就散成無數小氣泡，向外溜了出去。

那道窄縫相當長，當我們游到了盡頭，前面全是巖石，完全沒有去路。只有在巖石中，有一些是可以容手指伸進去的縫，在那些縫中，一個一個氣泡在擠出來，成為大氣泡向外面浮去。

如果不是我們已然確知那是氣泡的話，這時看着那些氣泡從石縫中擠出來，倒像是什麼星球怪物一樣。

前面已經沒有了去路，雖然在那些窄縫中，竟然會有那麼巨大的氣泡不住擠了出來，這件事也可怪得很，但是我和白素，當然無法從那麼狹窄的縫中擠進去的。

我們只是盡量地靠近巖石，用燈向內照着，想看看石縫中究竟有些什麼，但是卻什麼也看不到。

在這樣的情形下，我們自然失望得很，我道：「我看我們該出去了！」

白素還不肯就走，沿着那些狹窄的縫，在游上游下，又看了好幾分鐘，才道：「是的，找不到什麼，我們該出去了！」

她游到了我的身邊，我們一起向外游去，回到了巖洞之中。

才一游出來，我就呆了一呆，我們是提着燈進去的，在出來的時候，因為我知道，我們有兩具推進器，留在巖洞之中，在推進器上，是有着燈的，所以才一出來，就立時熄了燈。

可是才一熄燈，眼前竟是一片漆黑！

這是大出乎我意料之外的事情，是以我不由自主，發出了「啊」地一聲響。

白素是跟在我後面的，她雖然還不知道外面有了什麼變化，但是她是聽到了我的驚呼聲的，她忙道：「怎麼了，有什麼事？」

我在發出了一下驚呼聲之後，立時又着亮了燈，而且，繼續向前游去，那時，白素也游了出來，我將手中的提燈，在巖洞中四面照着。

這時，白素雖然仍未曾得到我的回答，但是，她也可以知道我為什麼發出驚呼聲來的了，因為她自己，也同樣發出了一下驚呼聲！

我們留在巖洞之中的那兩具推進器，不見了！

剎那之間，我們實在不知說什麼才好，那實在是令我們震驚之極的事，兩具推進器，留在巖洞中，是絕沒有理由失蹤的。

可是現在，它們的確不見了！

白素游近我的身邊，握住了我的手，她的聲音，聽來極其緊張，她問道：「發生了什麼事？」

我勉力鎮定心神，道：「兩具推進器不見了，看來，好像有人進來過！」

白素道：「不可能的，就是有人進來過，也不會和我們開這樣的玩笑！」

我起先，還不明白，白素所說的「開玩笑」是什麼意思，但是，我立即明白了！

我們離開了「快樂號」之後，一直在海底，靠推進器在潛行。推進器的速度相當快，我們潛行了約莫一小時，現在，如果沒有了推進器，我們要游回去的話，那至少花上了六小時的時間！

如果這是一個「玩笑」的話，那麼，玩笑實在太大了！

我在呆了一呆之後，立時道：「我們先游出去再說，或許還可以追得上。」我和白素一起向外游去，到了巖洞之外，海底看來，極其平靜，像是什麼事也沒有發生過。但是，我和白素都知道，一定曾有事發生過，因為我們不見了兩具推進器！

在巖洞外又盤旋了片刻，一無發現，我們只好向上升去，直到升出了水面。

天色漆黑，星月微光，映在平靜的海面上，泛出一片閃耀的銀光來，景色、情調，都是上乘的，但是我們卻只好啼笑皆非。

四面望去，看不到一點陸地的影子！

我先旋開了頭盔，白素也跟着除了頭盔，我們互望着，白素低聲道：「是我不好，想出潛水的主意來。」

我道：「別說傻話，現在，我們唯一可做的，是拋開一切東西，游回去！」

白素道：「我們得游多久？」

我苦笑了一下：「如果沒有什麼意外的話，那麼，大約是六小時到八小時！」

白素抿着嘴，沒有說什麼。

我們拋下了頭盔，拋下了氧氣筒，同時，在心中祈禱着，在這段時間之中，海上千萬不要起什麼風浪，要不然，繼萬良生失蹤之後，就是我們失蹤了！

我在開始向前游去的時候，並不低估白素長途游泳的能力，但是她可能很久沒有經歷這樣的險境了，是以我特別叮囑她：「你要緊跟着我，我們在開始的時候，不必游得太快！」

白素低聲道：「我知道。」

她在講了三個字之後，略頓了一頓，才又道：「但是，如果我支持不住了，你千萬別理我，自顧自游向前去，才有希望回去！」

我有點惱怒：「你說這樣的話，該打！」

白素仰着頭望着我，在她的臉上，沾滿了水珠，也不知這是海水，還是淚水。

我們不再說什麼，向前游去，我確知方向是不會錯的，因為我可以藉天上的星星來辨別方向，問題是我們什麼時候可以游得到而已！

一小時過去了，我們仍然在汪洋大海之中。

第六部

生存和掙扎

我也很久沒有如此劇烈的不斷運動經驗了，是以在一小時之後，我首先停下來，只是在水面浮着，白素一直跟在我的身邊。

在我停止游泳時，我發現水流的方向，正是我們要游出的方向，這一點，對我們有利。但是，海中的水流方向是最不可測的，現在的水流，是可以幫助我游回那荒島去，但可能就會有另一股水流，將我們愈沖愈遠。

我們飄浮在水面，沒有任何東西可以幫助我們在水中浮起來，是以雖然我們並不向前游，一樣要花費氣力來維持不致下沉。

在那樣的情形下，我們能夠支持多久，實在是無法預知的，海水十分冷，我回頭去看白素，她整個臉都是煞白的，白得可怕。

我在水中，緊握着她的手：「你一定要支持下去，掙扎到目的地！」

白素青白色的嘴唇顫動着：「還要掙扎多久？」

我舐了舐嘴唇，海水的鹹味，使我感到一陣抽搐，我無法回答白素的這個問題，白素顯然也沒有期待着我回答她。

她略停了一停，又道：「人自一出生，就一直在掙扎，為了要生存，幾乎是每一分鐘不停地在掙扎着，但是不論人的求生意志是如何強烈，也不論人的掙扎是如何努力，人總是要死的，是不是？」

白素的聲音，十分低微，可是我卻可以聽得清清楚楚，她的話，令我感到了一股極度的寒意。

沒在海水之中，本來已經夠冷的了，但這時，我所感到的那種寒冷，卻是從內心之中，直透出來的，那是因為我在白素的話中，感到一種極度不吉的預兆。

以我們現在的處境而論，我們必須有極大的信心，和堅強的意志，再依靠體力，才能夠繼續生存下去，而堅強的意志，在三者之間，又最最重要。

可是，聽白素那樣說法，她好像是已感到了極度的疲倦，不想再堅持下去了！

我知道，在這樣的情形下，還是不要多說什麼的好，是以我忙道：「我們該再向前游去了！」

白素卻道：「等一等，我們可能永遠游不回那荒島去，那麼，何不現在就這樣飄在海面上！」

我大聲道：「這是什麼話，難道我們等死？」

我很少如此疾言厲色地對待白素，但是在如今這樣的情形下，我不得不如此。因為我明白，在瀕於絕望的環境下，人的意志，會受到環境的影響。那種影響，會產生一種催眠的力量，使人產生一種念頭，那念頭便是：不如放棄掙扎，比勉強支持下去好得多！

這種念頭如果一經產生，那麼唯一的、可怕的結果便是死亡！

白素嘆了一聲：「我並沒有死亡的經驗。但是我想，每一個人在死亡之前，一定都十分痛悔。」

白素仍然自顧自在說話，我剛才的一聲大喝，她似乎根本沒有聽進去！而在她慘白的臉上，也現出一種十分惘然的神色來。

在那一剎間，我已經準備拉着她的頭髮，好使她在那種半催眠的狀態之中清醒過來。

可是白素的雙眼，卻仍然是十分澄澈的，她立即又道：「你為什麼不問我，人在死前，痛悔什麼？」

我拉住了她的頭髮，但是並沒有用力，我盡量使我的聲音提高，以至我的聲音，聽來變得異樣的尖銳刺耳：「我沒有空在如今這樣的情形下，和你討論這個問題，我們快向前游去！」

白素卻仍然自顧自地道：「每一個人，在他臨死之前，一定會想：我這一生，究竟有什麼意思呢？經過了那樣痛苦和快樂相比較，究竟還剩下多少快樂，我為什麼要在如許的痛苦中求生存，而不早早結束生命？我——」

我不等白素再向下講去，我用力把她在水中推向前，她的身子一側，我又忙追上去，這令得我反而喝下了幾口海水。

我一隻手扶住了她，一隻手划着水，用力向前游着，這時候，我的腦中亂到了極點，我那隻划動着的手臂，早已超過了我體力所負擔，但是，手臂仍然機械地划動着，我也無法知道我自己究竟是不是在海中行進，還是只不過留在原地打轉，我無法理會這些，我只知道，我要拚命地維持這一動作。

我強烈地感覺到，如果我一停止動作，我就會受到白素那一番話的感染。

那一番話，具有極強的感染力。

儘管自古至今，不住有人歌頌人生的可愛，但是，事實上，人生是痛苦的，痛苦到了絕大多數人，根本麻木到了不敢去接觸這個問題，不敢去想一這個問題，只是那樣一天一天地活下去，直到生命結束。

也許白素所說的是對的，每一個人在臨死之前，都在後悔：死亡終於來臨了，為什麼要在經歷了如許的痛苦之後，才讓死亡結束生命？

這是一種極其可怕的假設，這個假設，如果在每一個還活着的人的腦中成立，那會形成什麼樣的結果，不堪設想。

我和白素，這時在海中掙扎，可能不論我們如何努力，結果總難逃一死，這樣的情形，自然和普通平穩的人生不同，但是，又何嘗不是人生的濃縮？

一個人的一生，不論在外表上看來是多麼平淡，但是他總是經歷了驚風駭濤的一生，每一個人都有數不盡的希望，為這些希望，努力地掙扎着、忍受着，然而，有多少人是希望得到了實現的？人所得到的是希望幻滅，是在忍受了掙扎的痛苦之後，再忍受希望幻滅的痛苦。而就算一個希望實現了，另一個希望，又會接着產生！

我一隻手臂挾着白素，一隻手臂仍然在不斷地揮動着，可是這時，我心中所想的，卻和我的動作，恰恰相反，我也開始感到，人生要完全沒有痛苦，就得完全沒有欲望。但是，那是不可能的事，因為人與生俱來的本能，就是求生的欲望！

突然之間，我開始莫名其妙地大叫起來，連我自己也不知道為什麼要大叫，那完全是無意識的，或許我要藉着大叫，來抵抗我自己所想到的那種念頭。

我一直在大叫着——並沒有停止我的動作，我也完全未曾留意白素的反應，甚至於忘記了自己是浸在汪洋大海之中。

我已經進入了一種可怕的狂亂狀態之中，我完全不知道在我的四周圍，曾發生了一些什麼事，直到一股強光，突然照在我的臉上！

我驟然驚醒，這才聽到了白素的叫聲，白素在叫道：「一艘船，一艘船發現了我們！」

我看不到什麼船，因為那股強光，恰好照在我的臉上，但是我知道白素的話是對的，一定是有一艘船發現了我們，除了這個可能以外，海面上不會有別的東西，發出那麼強烈的光芒來。

接着，我就聽到了另一個人的叫聲：「快接住救生圈！」

在強光的照耀下，一隻相當大的救生圈飛了過來，落在我們的面前。

我先推着白素，使她抓住了救生圈，自己也游了過去，救生圈有一根繩子連着，我們迅速地被拖近一艘船，強光也熄滅了，我和白素被兩個人分別拉上了那艘船的甲板。

我們躺在甲板上，幾乎一動也不能動，全身軟得像棉花，甲板上很暗，我只看到有兩個人，站在我們的面前，可是卻看不清他們的樣子。

過了一會，其中的一個走進艙中，立時又走了出來，手中拿着兩隻杯子，俯下身，先扶起我，將杯子湊到我的唇邊，我急促地喘着氣，拿住了杯子，我也不知杯子中的是什麼，一口氣就喝了下去。

杯子好像是酒，酒味很濃，令我嗆咳了好一會。同時，我也聽到了白素的嗆咳聲，我向白素看去，她已在掙扎着站了起來。

我也站了起來，這時，我已經看清那艘船上，將我們自海中拖起來的是什麼人了！

而我的驚訝，也是難以形容的。

這兩個人，就是我一度在那荒島的沙灘上遇到過，被傑克上校認為是「兩個富於幽默感的海軍」的那兩個人！

白素扶住了艙壁，她先開口：「謝謝你們，要不是遇到你們，我們一定完了！」

那兩個人齊聲道：「不算什麼，你們需要休息，請進船艙去！」

他們兩人，一個扶着我，一個扶着白素，走進了船艙，船艙中是有燈光的，在燈光之下，我更肯定，我絕沒有認錯人！

可是那兩個人，卻像是並不認識我，他們對我完全沒有曾見過面的表示。這使我想起，我有一次見到他們時，他們曾將我誤認為另一個人，而現在，他們又像是不認得我，這證明這兩個人認人的本領，實在太差了！

但是，我同時又想到，我一見他們，雖然在甲板上，光線並不充足的情形下，就可以認出他們是什麼人來，他們難道真的記性差到這種程度，對我沒有一點印象？

那麼，這兩個人是故意裝着不認得我？可是，他們故意裝着不認識我，又有什麼作用呢？

我一面脫下濕衣服，用乾毛巾擦着身子，一面拚命地思索着，可是我卻一點也沒有頭緒。

白素已進了浴室，那兩個人也早已退了出去，過了不多久，白素穿着一套不倫不類的衣服走了出來，她的臉色已紅潤了許多。我一見到她，立時低聲道：「小心，這兩個人，有點古怪。」

白素呆了一呆，在如今這樣的情形下，我的話，的確是不容易理解的，白素在一怔之後，也立時道：「你在說什麼，他們才救了我們！」

我將聲音壓得更低：「是的，可是他們故意裝着不認識我，事實上，我和他們，曾在荒島中見過面。而且你想想，現在是什麼時候了？他們何以會在這種時候，駕着船在大海上遊蕩？」

白素張大了口：「這兩個人，就是你說過的在荒島上遇見過的人？」

我點了點頭，白素也蹙起了眉：「奇怪，如果是他們的話，他們應該認識你的，我們該怎麼辦？」

我低聲道：「見機行事！」

我一面說着，一面也在房艙的衣櫥中，取出了一套衣服來。那套衣服，和白素身上所穿的一樣，只能用「不倫不類」四個字來形容，它是頭套進去的，看來像是一件當中不開襟的和服。

穿好了衣服之後，我打開了艙門，揚聲叫了兩聲，那兩個人自另一個房艙中走了出來，我道：「多謝你們救了我們，能不能送我回去？」

那兩個人沿着艇舷，向前走來，道：「你們是什麼地方來的？」

我道：「如果你們有海圖的話，我可以指給你們看，我們來自一個小荒島，我們的船，就停在那裏！」

那兩個人的神情，看來很爽朗，我一直在觀察他們的神情，看不出他們有絲毫作偽的神情，他們好像是真的不認得我了！其中的一個，用快樂的聲音道：「我知道你指的是什麼小島了，有一艘金色的船，經常停在那裏！」

我加動語氣，同時直盯着那人：「是的，那艘就是我的船！」

那兩個人忽然笑了起來，剎那之間，看他們的神情，像是已記起我是什麼人來了，他們像是突然之間，變得和我熟落了許多。

其中的一個，甚至伸出手來，在我的肩頭上，重重拍了一下：「你終於改變主意了！」

我陡地一呆，在剎那間，我的心情，可以說是既緊張，又疑惑。

又是這句話！

第一次我遇到這兩個人，他們隔老遠就說過這句話，意思是一樣的，只不過語氣稍有不同，那時，他們說：「你怎麼改變主意了？」

當時我完全不知道他們那樣說，是什麼意思，就像是現在，我一樣不知道他們那樣說是什麼意思一樣。白素是聽我敘述過第一次遇到那兩個人時的全部經歷的，是以她這時，一聽得那人這樣說法，她也立時奇怪地張大了口，不知說什麼才好。

而我在回頭看了白素一眼之後，立時想再次提醒那兩人，他們又一次認錯了人。

可是，我還沒有開口，那另一個已然道：「怎麼啦，你不是說已經受夠了，決不會再改變主意，可知要改變生命的方式，不是容易的事！」

這一句話，最令我震動的那一句「改變生命的方式」這句話。這可以說是一句莫名其妙的話，我相信沒有人在聽到了這句話之後，能夠不經解釋，就明白它的含意的。但是，那人在說出這句不可理解的話之際，卻十分流利，像是那是一件很普通的事一樣。

我覺出白素來到了我的身後，又碰了碰我。

我明白她的意思，本來，我已經想出口指出他們認錯人了，但是現在，我改變了主意。

這兩個人兩次都認錯了人，那是一件不怎麼可能的事，除非我和那個人，真的十分相似。

但看來那兩個人的確是認錯了，不像是在做作。

所以，我的新主意是：不提醒他們認錯了人，而和他們胡謅下去。

那麼，我至少可以多少知道這一點，他們究竟將我錯認了哪一個人！

我立時裝出無可奈何的神情來，順着他們的口氣：「是啊，那的確不是一件容易的事！」

那兩個人坐了下來，很有興趣地望着我，我和白素使了一個眼色，我們也坐了下來，那兩個人中的一個又道：「你覺得不滿意？」

我不知道該如何回答才好，我只是含糊地道：「不，不，可以說滿意的。」

那兩個人中的一個，向前俯了俯身子，他的神情和聲音都很神秘，他道：「萬先生，如果你覺得不滿意的話，我們可以改變為另一種方式！」

那人說了些什麼，老實說，我根本沒有聽清楚，別說他的話，就算是用心聽，也不容易理解，就算不是的話，我也一樣的聽不清楚的。

他一開講話時的稱呼，已經足令我震動了，他稱呼了我一聲「萬先生」！

這兩個人，第一次認錯人的時候，我就以為他們是將我誤當作了萬良生。但是由於我和萬良生毫無相似之處，是以我才假設了其中還有一個「某君」。

可是現在，那人稱呼我為「萬先生」，那麼，這個假設「某君」，可以說是根本不存在的，那兩個人，是錯將我當成了萬良生！

一時之間，我只是呆呆地望着他們，不知道該如何回答才好。

而白素的神情，也十分緊張，她伸過手來，握住了我的手，她的手是冰涼的。

或許是我的神情太古怪了，是以令得那兩個人也呆了一呆，剛才那個稱我為萬良生的人，笑了一下：「是不是你這一次的經歷，很不愉快？」

事情到了這一地步，老實說，我也沒有這個耐性再胡謅下去，看來非攤牌不可了！

現在是在船上，如果一攤了牌，他們兩個人，就算想走，也是走不了的。我預料我們之間，會有一場劇鬥，是以我先向白素使了一個眼色，然後，才一字一頓地道：「兩位，你們以為我是什麼人？」

這句話一出口，那兩個人陡地震動了一下，只見他們互望了一眼，其中一個，自衣服的口袋之中，取出了一張照片來。

我一眼就望到，那是萬良生臉部特寫照片，而任何人只要有這種照片在手，和眼前的我相對照。就可以發現我和萬良生，絕不可能是一個人，因為我和他，根本一點也不像！

可是，這兩個人，取出了萬良生的照片，卻望了望我，又望了望照片，再望了望我，其中的一個才指着照片上萬良生的鼻子，道：「是，我們認錯了人，你看，這一部分，他好像高一點？」

另一個又指着照片上的萬良生的眉毛，道：「還有，這一部分，他比較粗而濃！」

那一個又指着萬良生的下頦：「這裏的線條，也有多少不同！」

看他們的情形，聽他們的對話，完全像是兩個貝殼分類學家，在分別「鋸齒巴非蛤」與「和藹巴非蛤」之間的不同一樣！

我的耐性再好，這時也忍耐不住了，我大聲道：「我和他完全不同，你們應該一下子就看得出來！」

那兩個人像是並不知道他們這時行動言語的荒誕無稽，他們中的一個道：「真對不起，看來都差不多。」

這一句話，我也不是第一次聽到了，我霍地站了起來，直截了當，開門見山地問道：「萬良生哪裏去了？」

那兩個人陡地呆了一呆，其中一個道：「萬良生？」

我向前走出了一步：「就是你手中照片上的那個人，他到哪裏去了？」

那兩個人互望了一眼，其中的一個，皺起了眉：「那我們真沒有法子知道了，海洋是那麼遼闊，誰知道他在什麼地方？」

我倏地伸出了手，在那同時，白素也陡地站了起來。我一伸出手，就抓住了那人的肩頭，我抓得十分用力，緊抓着他的肩頭。

同時，我又大聲喝道：「你們別再裝模作樣了，你們知道萬良生在哪裏，我正是來找他的！」

我說着，已抓住了他的手腕，在那樣的情形下，他是全然沒有反抗的餘地的了！

我心中正在想着，我已經制住了他們中的一個，再制另一個，就容易得多了。

可是，正當我準備將那人的手背扭到背後之際，他們兩個人，卻一起大聲叫了起來：「喂，這算是什麼？什麼意思？」

他們兩人一起叫着，那個被我抓住的人，竟突然掙了一掙。

那一掙的力道十分大，撞得我的身子，立時向後，跌退了出去。

而那兩人，也行得極快，他們不約而同地，一起向艙門奔去，企圖奪門而出！

我怎麼再肯讓他們溜走？我身子直躍了起來，在半空之中，身子陡地打橫，一腳踢了出去。那一腳，正踢在其中一個人的背後。

那人捱了我的一腳，身子向前疾衝而出，撞在另一個人的身上，他們兩個人，一起發出了一下極其古怪的呼叫聲來。

我唯恐他們反擊，是以在一腳踢中之後，立時站穩下來。而當我落下來之後，我才知道，我那一腳的力道，竟然如此之甚！

那兩個人相繼跌出了艙門，而艙門之外是船舷，他們不但跌出了艙門，而且跌過了船舷，直跌進了海水之中！

第七部

兩個不像真人的人

我和白素，同時向外衝去，我聽到他們兩人，跌進海水中的聲音，我也來得及看到他們跌落水中時，濺起來的水花。

我立時大聲叫道：「上來，你們沒有機會逃走的！」

這兩個人，的確是沒有機會逃走的，船在汪洋大海之中，天氣又黑又冷，離最近的陸地，也要游上近二十小時，我和白素剛嘗過這種滋味，知道任何人無法掙扎到最近的陸地。

可是，海水濺起之後又回復了平靜，那兩個傢伙，卻沒有再浮上來。

白素和我，一起站在船舷旁，望着閃耀着微弱光芒的黑暗的海水，白素失聲道：「他們兩個人，可能不會游泳！」

我忙道：「我和他們曾在水中追逐過，他們游得和魚一樣快！」

我轉過身去，奔進駕駛艙，在駕駛艙中，找到了燈掣，我不理會那些燈掣是控制什麼燈的，我將它們，完全着亮，結果，在船頭和船尾，都有強烈的燈光，照射向海面，那種強光，就是當我在海上飄流時，幾乎絕望的時候，突然照在我身上的。

在整艘船的三十公尺之內，由於燈光的照射，海面上的一切，都可以看得清清楚楚。

但是，當我自駕駛艙走出來之後，白素向我搖了搖頭。

這表示，那兩個人，並沒有浮上水面來。

我又大聲嚷叫着，自然，我知道，這兩個人要是匿伏在水中的話，他們可能根本聽不到我的聲音，但是我還是要叫他們游向船來。

因為這段時間，已然有將近三分鐘了，他們不可能在水中匿伏那麼久，他們一定已然游了開去，游出了燈光照射範圍之外。

我大聲叫道：「你們快回來，只要能夠找回萬良生，我決不向警方舉報你們！」

可是，不論我如何說，海面一樣那麼平靜，一點回音都沒有！

她略停了一停，又道：「他們在海上，將我們救了起來，可是——」

她的話並沒有說完，可是我聽得出，她話中含着對我的譴責，我立時道：「這兩個人，明明和萬良生的失蹤有關，你要我怎樣做？」

白素道：「你可以不必動手腳，他們顯然不準備和你打架。」

我道：「但是我一定要制住他們，向他們逼問萬良生的下落！」

白素的口唇動了動，低聲道：「不管怎樣，如果這兩個人死了，我感到內疚！」

我冷笑着，道：「你放心，這兩個人決不會在那麼短的時間淹死的，內疚的是他們，所以他們才不敢游近船來，他們令得萬良生失了蹤！」

由於不停的呼叫，我的聲音，聽來已十分嘶啞，白素嘆了一聲：「或許我們回去，他們又會回來的！」

我心中對那兩個傢伙的頑固，着實很氣憤，悶哼了一聲，轉身進了船艙，氣憤地坐了下來。

白素跟了進來，我們全不說話，海上又靜，我們幾乎可以聽到相互間的呼吸聲。

過了足足有十分鐘之久，那兩個人仍然沒有上船，我腦中十分亂，我在回想着剛才的情形，突然，道：「你是不是感到，我那一腳的力道，似乎不應該大到可以將他們兩個人一起踢下海去？」

白素咬着口唇，過了一會，才緩緩點了點頭。

我道：「他們是跳海逃走的？」

這一次，白素卻搖着頭：「世上不會有那樣的蠢人，任何人都知道在如今這樣的情形下，是不能由海上逃走的！」

我用力擊了一掌，擊在椅旁的几上：「世上就是有那樣的蠢人，誰都可以一眼就看得出，我和萬良生截然不同，可是他們還要拿了萬良生的照片，和我慢慢地對照研究！」

白素望定了我：「是的，奇怪，可是我看他們決不是故意做作的，他們是真的分不出你和萬良生之間的不同。」

我道：「當然是真的分不出，你想想，他們見過我兩次，現在，他們雖然知道我不是萬良生，但是仍然不知道我和他們，曾在荒島相遇過。」

白素吸了一口氣：「是啊，為什麼，你不覺得那很古怪麼？」

我沒有出聲，當然，這種情形很古怪，我同意，而且，這種古怪的情形，是不可解釋的。

白素又道：「我又覺得，他們和萬良生的失蹤，雖然有關，可是其間，決沒有暴力的成分在內！」

我搖頭道：「你何以如此肯定？」

白素道：「他們兩次將你誤認為萬良生，都說了一句話，你記得麼？他們說：你改變主意了？」

我皺着眉，他們兩次都這樣說過，如果他們說的「改變主意」，是指他們又見到了萬良生，即萬良生重新出現的話，那麼，在邏輯上而論，萬良生的失蹤，自然也是萬良生自己的主意了。白素之肯定萬良生失蹤一事中，並沒有暴力的成分，自然也是根據這一點推斷而說的。

我呆了片刻才道：「是，如果他們真是將我錯當了萬良生，但是，他們也可能故意認錯人，特意兩次說這樣的話，來為他們自己開脫。」

白素搖頭道：「還是那一句話，世上不會有那麼蠢的蠢人！」

這時候，離那兩個傢伙落水，只怕已超過半小時了，我站了起來：「總之，這兩個人古怪得很，我們在船上找找看，可能會有點發現！」

白素道：「好，就從這個艙開始。」

我們上這艘船的時間雖然短，但是已約略知道了一下這艘船上的情形。這艘游艇上有四個艙：兩個房艙，一個駕駛艙，和一個作為起居室的大艙——就是我們現在所在的那個。

我和白素開始尋找，這個艙中的陳設，相當簡單和普遍，可是不到半分鐘之後，當我拉開了一個壁櫥的門時，我不禁陡地吸了一口氣。

在那個壁櫥之中，斜放着兩具推進器，推進器上，有着「快樂號」的標誌，而且，它們還是濕的！

那就是我們在海底巖洞之中，突然失去的那兩具推進器！我知道白素的情緒，因為那兩個傢伙曾救起我們，所以當我將他們踢下海去的時候，她感到內疚。

但現在，什麼問題都解決了，在這裏發現了那兩具推進器，我們狼狽得要在海上飄流，幾乎送命，這兩個人是罪魁禍首！

我立時大聲叫道：「你來看，這是什麼！」

白素轉過身來，「啊」地一聲，道：「原來是他們偷走的。」

我道：「哼，簡直是想謀殺我們！」

白素道：「可能他們取走這兩具推進器的時候，根本不知道我們在洞的深處，如果他們有心要害我們，又何必將我們救起來？」

白素的話很有道理，總之，那兩個人的行事之奇，真有點不可思議！

我們繼續尋找，在這個船艙中，並沒有什麼發現，我們又來到了另一間房艙，這兩個人顯然是一起睡在這個艙中的。

那既然是他們的臥室，我們也找得特別留心，可是一樣沒有什麼發現。

我們的「沒有發現」，不是那種可能是一個大發現，只不過一時之間，我們想不通其中的道理而已。我說沒有發現，是真正的什麼也沒有發現，所有的櫥中、抽屜中，全是空的，什麼也沒有！

這兩個人，竟然一點日常用品也沒有，真不明白他們是怎麼生活的！

我們又找了另一個房艙，那房艙我們曾經逗留過，除了衣櫥中有幾套如今我們穿着的不倫不類的衣服之外，什麼也都沒有。

然後，我們回到了駕駛艙，經過那麼多時間，東方已現出魚肚白色來了。

我熄了所有強光照射燈，坐在駕駛艙的控制台之前發怔，我曾遇過許多怪事，但全是石破天驚的，從來也沒有一件，表面上看來如此平淡，但深想起來，卻如此之怪的事！

白素在駕駛艙中，踱來踱去，她忽然停了下來：「這下面有一個暗艙！」

我頭也不回，道：「自然，那是機艙！」

白素俯身，拉起了一塊方形的木板，道：「你來看看，不是機艙，咦，有兩個人！」

我一聽得白素説「有兩個人」，整個人直跳了起來，連忙走向前去，在那個方洞口，俯下身來，果然，艙中有兩個人，臉向上躺着。

光線自上面照下去，暗艙的光線不很強烈，可是我和白素都看出來，那兩個，一動不動，躺在下面的兩個人，就是剛才被我踢下海去的兩個！

我不禁無名火起，立時一聲大喝：「快上來！」那兩個人仍然躺着不動。我站在上面，可以看得很清楚，那兩個傢伙躺着，睜大着眼睛，可是他們卻像是未曾聽到我的呼喝聲一樣！

我將聲音提得更高，又大喝了一聲，那兩個人仍然一動也不動，當我變得怒不可遏之際，白素忽然道：「你看看，他們……好像……好像……」

白素連説了兩下「好像」，可是究竟好像什麼，她卻沒有説出來。

而我在那時，也完全可以知道白素為什麼説不出究竟的原因是什麼。

因為那是一件很難形容的事，我也開始感到，躺在艙底下的那兩個人，很是怪異。那兩個人，明明就是被我踢下海去的那兩個，可是這時，他們看來，好像……好像不是人。

當然他們是人，我的意思是說，他們看來，不像是有生命的人，然而，又不是死人，這便是為什麼白素說不出究竟的原因！

我吸了一口氣，抬頭望了望白素道：「怎麼，你覺得這兩個人怎樣？」

白素道：「他們看來……好像不是人！」

我已然縱身，從移開的那塊板上，向下面落下去，當我的身子沉下去之際，白素俯下身，她的神情是極其焦切、關注的，她道：「小心些，我覺得事情太怪。」

我手一鬆，已然落了下去：「放心，我看不出有什麼危機！」

的確，沒有什麼危機。我已經腳踏在船底之上，下面那個密艙的空間不大，除了有兩個人躺着之外，還有幾隻方形的箱子。

而當我落了下來之後，那兩個人仍然一動不動地躺着，我俯身去看他們，說他們不是人，他們實在是人，然而要說他們是人，他們卻又絲毫沒有生氣。

他們的臉容，和被我踢下海去的那兩個，是一模一樣的，我用手去觸摸其中一個的臉。當我的手指，碰到那一個人的臉時，我嚇了一大跳。

我在未曾落下來的時候，已經有「不是人，但又不是死人」的感覺。這種感覺，聽來好像很奇妙，但說穿了，實在也很簡單，那便是我料定，那是兩個製造得維妙維肖的假人！

可是這時，當我的手指，碰到了其中一個的臉部之際，我卻嚇了一大跳！憑觸覺，我完全可以肯定，那人不是假人，我所碰到的，完全是人的肌肉，溫暖、有彈性，皮膚粗糙，那是真正的人！

但是，真正的人，何以躺着一動也不動，對我已來到了他們的身邊，一點反應也沒有？

我陡地縮回手來，後退了一步，同時，我的神情，一定也古怪得可以。

是以，在上面的白素忙問道：「怎麼了？」

我並沒有抬頭，仍然緊盯着那兩個人：「他們是真人！」

白素顯然也嚇了一跳，我聽到她發出了一下類似呻吟的聲音來。我又走前一步，這一次，我走向前去之後，扶起了其中的一個來。

當我扶起那個人之後，我所有的感官的感覺都告訴我：那是一個人，一個真正的人，並不是如我想像那樣的一個假人。

我抱起了那個人，將他的身子向上遞，直到白素在上面，可以拉到那個人的雙臂，將那人從密艙中，拉了上去，我才攀了出去。

上面船艙中的光線強烈得多，我一攀上去，就取出了一柄小刀來，那是一柄很小的小刀，極其鋒利，那是我隨身所帶的小物件之一。

白素一看到我取出了那柄小刀來，就嚇了一跳：「你想怎樣？」

我並沒有回答她的話，只是用這柄小刀鋒利的刀口，在那人的衣袖上，疾劃了一下。

我劃那一下的力度，雖然不大，但是已將那人上衣的衣袖，自手腕一直劃到了肩頭。

我伸手在那人的手腕上按了按，隱隱可以感到脈搏的跳動。

我的心怦怦跳着，又用小刀，在那人的手臂上，輕輕劃了一下，那一下，在那人的手臂上，劃出了一道口子，鮮血立時滲了出來。

白素的聲音聽來很尖鋭，她叫道：「住手，你想證明什麼？」

我站起身子來，仍然望着那人。的確，我想證明什麼呢？我自己也説不上來。

過了好一會，我才道：「白素，這……是一個人？」

白素道：「當然是！」

我苦笑了一下，道：「他……他們……就是被我踢下海去的那兩個人？」

對於這一個問題，白素也不禁猶豫了，從容貌來看，毫無疑問，他們就是那兩個人。可是，那兩個人跌進了海中之後，就再也不出現過，他們是什麼時候，從海上爬上來的？

而且，就算他們在我們未覺察的時間內，上了船，他們又怎會有機會進入密艙？

而且，他們躺在艙底下，一動也不動，究竟是為了什麼？再加上，何以他們兩人身上，一滴水珠也沒有，根本不像是從海中爬出來？

這一連串神秘莫測的疑問，令得白素對我這個簡單的問題，也無法作肯定的答覆。

白素只是苦笑着，喃喃地道：「你看，他的手臂還在流血，一定有什麼怪事發生在他們身上，才使得他們變成那樣的。」

我想說，這兩個人不是人，人在昏迷不醒的時候，我也見過，完全不是現在這個樣子的。但是，我只是那樣想，並沒有講出來。

我之所以有那樣想法，完全是基於我的直覺，而找不出任何根據來的。任何人看到了眼前這個人的情形，都會以為這個人是一個昏迷不醒的人，沒有人會懷疑他不是人，因為他不但皮膚溫暖，有脈搏，而且還在流血！

然而，我卻有懷疑，懷疑這是一個假人！

我的腦中亂到了極點，因為我何以會懷疑這是一個假人，我一點也說不上來，而且，我也無法去捕捉我這一點假設是由何而來的。

我聽得白素嘆了一口氣：「我認為，要盡快將這兩個人送到醫院去！」

我木然地點了點頭。白素提議是對的，應該將這兩個人，盡快送到醫院去，可是我又立時想到，這兩個人如果根本是假人，將假人送進醫院，這不是很滑稽的事情麼？

我的心緒，由於過度的紊亂，因之在情緒上，已經呈現一種自我控制的失常狀態，當我一想到這一點的時候，我竟忍不住「哈哈」大笑了起來。

白素有點惱怒：「有什麼好笑！」

我指着那個人：「我們曾以為那是兩個假人？將假人送到醫院去，不是很好笑麼？」

白素大聲道：「他在流血，只有真正的人，才會流血！」

生，但是卻流着血的麼？」

我噓下了一口唾沫：「可是，你見過一個人，睜着眼，像是什麼也沒有發

白素呆了一呆，說不出話來。

那人手臂在流着血，流出的血，已經相當多，可是他的神情，一直沒有變，還是那樣，睜大了眼睛，一動也不動地躺着。

白素俯下身，扯下了那人的衣袖，將那人手臂上，在流血的傷口，紮了起來：「不管怎樣，我們一定要快點回去！」

她一面說着，一面指着駕駛台，我對她這個意見，倒是同意的，現在，我和她，好像已墮入了一個迷幻的、不真實的境界之中，在這個境界之中，一切好像全是不真實的，我們的情緒變得不正常和難以控制，我們的思考能力，也變得十分遲滯。

要打破這種情形，唯一的方法，就是回到真實的境界中去。

那也就是說，回到有眾多人的社會中去，和眾多人接觸，讓眾多的人，來

和我們同時看着這個流血的人，讓他們和我們有同樣的遭遇。

我發動了引擎，船向前駛去，我的腦中仍然極紊亂，但總算還可以保持足夠的鎮定，來駕駛船隻。我估計在一小時之後，我可以到達那個荒島，那時，我可以先登上「快樂號」，和警方聯絡了。

海面上十分黑，那艘船的性能很好，我和白素兩個人，誰也不說話，因為在這樣迷離的境界中，我們都不知說什麼才好。

直到二十分鐘之後，我才聽得白素叫了一句：「他……還在流血！」

我回頭向那個躺在艙板上的人看了一眼，他手臂上的傷口，白素已經替他紮了起來，但是，包紮傷口的布，已經被血滲透了，一片鮮紅色。血還在不斷地滲出來，絲毫沒有停止的意思。

白素吸了一口氣：「這樣下去，他會因為失血過多而死！」

我望了那人的臉一會：「我看不必擔心會有這種事發生，你看他的臉色！」

那人的臉色，看來仍然很紅潤，他已經流了不少血，可是單看臉色，絕對看不出來，而且，他還是一樣睜大着眼，一動也不動地躺着。

白素苦笑了一下，找了一條帶子，抬起那人的手臂，在那人手臂的臂彎部分，緊緊紮了起來。

同時，她在喃喃地道：「世上不會有能流血的假人！」

我已經轉過頭去，專心駕駛，但是我還是說了一句：「要製造一個身體有血的假人，其實也不是一件難到不可以的事情。」

白素立時道：「或許並不難，但是有什麼用？」

我沒有再出聲，因為我實在答不上來。

船在海面上向前駛着，又過了近三十分鐘，白素來到了我的身邊，她取起了一個望遠鏡，向前看着。

我估計船離那個荒島，已不會太遠了，我道：「看到那荒島沒有？」

白素放下了望遠鏡來，當她放下望遠鏡的時候，她的臉上，現出一種十分古怪的神色來。

一看到她那種神情，我立時可以知道，她一定在望遠鏡中，看到什麼古怪的東西了！

我連忙自她的手中，取過望遠鏡來，也向前看去，那望遠鏡看來雖然不大，可是效率卻十分驚人。

我不但看到了那座荒島，而且，還看到了「快樂號」。而我這時，也更知道，何以白素臉上的神情，如此古怪！

如果不是我親眼看見，我實在難以相信那竟會是事實，但是，那又的的確確，是我所看到的！

我看到，「快樂號」上，燈火通明。

我看到，「快樂號」的甲板上，有三個人，正在說着笑，自然我聽不到他們在講些什麼，但是從他們的神情看來，可知他們十分愉快。

我清清楚楚地看到，那三個人，一個是神秘失蹤的萬良生，還有兩個，是被我踢下海去的那兩個人！

我陡地放下了望遠鏡，白素也立時問道：「你看到他們三個人？」

我點了點頭，回頭看了一眼，那個人的手臂還在流着血，他的面貌，和在「快樂號」上，和萬良生笑談的兩個人的其中一個，一模一樣。

我們究竟遇到了什麼事？這一切，究竟要如何解釋？我再拿起望遠鏡來，萬良生和那兩個人，仍然在甲板上，他們坐在一張桌子邊，我看到萬良生的手指做作手勢，在桌上移動着，又仰天大笑。

我竭力想從他們口唇的動作中，來獲知他們究竟在說什麼，可是我卻一無所得。

當我一面用望遠鏡向前觀察着，而事實上，我們離「快樂號」也愈來愈近。這時，不必用望遠鏡，也可以看到燈火通明的「快樂號」了。

自然，距離近了，在望遠鏡中看來，「快樂號」上的情形，看得更清楚。

我看到他們三人，一起轉過頭來，望向我們的船，他們顯然看到我們船駛近了。

那兩個人作着手勢，不知對萬良生在説些什麼，而萬良生聳着肩，作出一個十分輕鬆的神情來，轉身就向艙內走去。

當萬良生在甲板上消失之後，那兩個人一齊自「快樂號」的甲板上，跳了下來，跳進了水中，我看得很清楚，他們在水中游着，潛下水去，由於他們迅速地游出了「快樂號」上燈光所能照射的範圍之外，是以我無法再在漆黑的海面上找到他們。

我立時又望向「快樂號」，我看到「快樂號」上，那個作為大客廳的船艙中有人影在閃動，那當然是萬良生，我還可以看到他坐在酒吧前的高凳子上，在轉來轉去，一副自得其樂的樣子。

我也可以猜測得到，如果這時，我離得足夠近的話，我一定可以聽到他的唱歌聲。

萬良生的確是在船上，可是，他是躲在「快樂號」的什麼地方呢？

那真是不可思議的事。「快樂號」雖然夠大了，但是，也還未曾大到可以在船上躲着一個人而不被人發現的地步。而且，萬良生為什麼要躲起來呢？

萬良生的神情，十分愉快，這一點是可以肯定的，不論是他和那兩個人在一起，還是他自己一個人，他都顯得極其愉快。

那麼，萬良生的「失蹤」，是他自願的了？

在我的而且確地看到了萬良生之後，我的思緒更亂了，自從這件事，和我發生關係以來，其間經歷了許多變化，也發生了許多新的事，但是到現在為止，這究竟是什麼性質的事，我還說不上來，一點頭緒也沒有！

我看到萬良生在高凳上轉了一回之後，又來回踱着，這時，是白素在駕着船，我一面注意着萬良生的行動，一面道：「將速度提高些，我們可以看到萬良生了！」

我才說了那一句話，就看到「快樂號」上的燈光，突然完全熄滅了。

我無法再看到萬良生的行動，但當我放下望遠鏡的時候，已可以看到，我們離那個荒島只不過幾百公尺了。

不到兩分鐘，已經離「快樂號」更近，由於我們的船，向前駛去的速度十分快，所以當兩艘船接近之際，發生了一下猛烈的撞擊。

我和白素都被震得跌在艙板上，但我們立時站了起來，奔到甲板上，躍上了「快樂號」的船舷上。

不論在這一節時間內，發生過什麼事，有一點我們是可以肯定的，那就是：萬良生一定還在船上，他不會有機會離開「快樂號」的。

所以，我一躍上「快樂號」的船舷，就大聲叫道：「萬良生！」

可是「快樂號」上很靜，一點聲音也沒有。我站穩了身子，又扶穩了白素：「快去將船上的燈全着亮，我們要好好和萬良生談談！」

我和白素一起向前奔去，白素去着亮全船的燈，而我則奔進了那個作為客廳的船艙，也着亮了燈。

在三分鐘之前，萬良生還是在那個船艙中的，可是現在，艙中卻沒有人。

萬良生一定曾在這個船艙中的，別說我剛才看到過他，在酒吧上，有着半杯未喝完的酒，也可以證明剛才有人在這裏坐過。

我又大聲叫道：「萬良生，出來，你的把戲玩夠了，出來！」

我一面叫着，一面四面走着，在每一個可能藏下一個人的地方找着。這實在不必花費太多時間，只要一兩分鐘就行了，這個船艙中沒有人。

白素也進來了，我道：「他不在這裏，要是他一定不肯自己出來的話，我們就將他找出來！」

白素點了點頭，我們開始在「快樂號」上尋找。要找一個人，並不是什麼難事，我們找得極詳細，連機艙都找到了。

可是，萬良生不在船上。

我應該說：我們找不到萬良生，但是事實上，這兩個說法是一樣的，我們找不到萬良生，那就等於說，萬良生不在船上。

不過，萬良生一定是在船上的，他沒有離開船的機會，而且看他的樣子，他也不必離船而去。

我還在尋找着，忽然聽到白素的叫聲，我抬起頭來，並沒有看到白素，但是我卻已知道白素為什麼要高叫了，因為我看到，那艘船——那兩個人的船，已經離開了「快樂號」，在向前駛去。

同時，我看到那兩個人中的一個，自駕駛艙的門口，探出頭來，向外張望了一下。

我立時叫道：「追他們！」

我奔進駕駛艙，白素已先到我一步，發動了引擎，我奔到控制台前，開始就以全速追上去。

我知道「快樂號」的性能十分佳，要是有一場海上追逐的話，沒有什麼船是「快樂號」的敵手，所以我極有信心追上他們。

由於「快樂號」一開始就全速進行，是以船身震動得相當厲害。

那艘船的速度也極快，海水自船兩邊，飛濺起來，好像是一艘噴水船一樣。兩艘船之間的距離，始終不變。

荒島早已看不見了，可是前面那艘船，仍然未曾被我們追到，白素吸了一口氣道：「想不到那艘船，也有那麼高的速度。」

我緊抿着嘴，速度表的指針，已指示接近紅色的危險區了，但是我還在增加速度。那怕是「快樂號」因此毀了，我也要追上那艘船。

果然，在我又增加了速度之後，和前面那艘船之間的距離拉近了。

這時候，天色漸亮。由於兩艘船的速度十分快，而且距離又在漸漸拉近，是以兩艘船之間的海水，鼓蕩得極其厲害，水柱像是噴泉一樣。

兩艘船之間的距離，還在逐漸拉近，我看到那兩個人中的一個，自船艙中走了出來，來到船尾，搖着手，大聲叫着。

我聽不到他在叫些什麼，我對白素道：「你控制着船，我去和他談談。」

白素接過了駕駛的任務，我出了駕駛艙，來到了船頭，兩艘船的距離，只有三四碼，我一到船頭，濺起的海水，立時將我淋得全身濕透。

我聽到那人在叫道：「喂，你幹什麼？」

我大聲道：「停船，我要和你們談。」

那人搖着手：「你太不友好了，我們沒有什麼可以談的。」

我叫道：「我們要談的實在太多了，譬如，你們是什麼人？」

那人也提高了聲音：「你的船超過了設計的速度，機器會損壞的！」

那時，「快樂號」幾乎已可以碰到前面那艘船了！

同時，「快樂號」的船身，激烈地震盪了一下，又傳出了兩下輕微的爆炸聲。

我知道，那是「快樂號」的機器，已經超過了負荷！

我連考慮也沒有考慮，陡地躍起身子，向前撲了過去，躍到了那艘船上，撞中了那個人，和那個人一起倒在船尾的甲板上。

同時，「快樂號」的速度，也陡地慢了下來，而那艘船還在迅速前進，轉眼之間，「快樂號」已只剩下一個小黑點了。

第八部

放棄人生尋找自我

當我才躍上對方那艘船之際，我預料會有一場極其激烈的爭鬥。

可是，那人卻並沒有掙扎，他被我壓在身下，只是用力想撐開我的身子。而在那時候，我的腦中，也亂成了一片，奇怪得很，在這種情形下，我應該有許多事要想的，但是我想到的，卻是一些無關緊要的事。當我抬起頭來，看到「快樂號」已經愈來愈遠之後，我心中想到，「快樂號」已經算是最好的船了，但是看來，那艘船的性能，比「快樂號」更好。

而那艘船還在向前駛着，「快樂號」的機器曾發生輕微的爆炸，自然再也追不上這艘船了。

那也就是說，我和白素分開了！

那艘船會將我帶到什麼地方去，我不知道，我倒不擔心白素，因為「快樂號」上有着完善通訊的設備，就算所有的機件，完全損壞，她也可以從容求救的。

問題在於我，我在這艘船上，會怎樣呢？

當我想到這一點的時候，我猛地向那人的面，揮出了一拳。

在那樣的情形下揮出的一拳，自然不會輕，可是那人在捱了一拳之後，卻像是並不覺得什麼疼痛，他只是叫道：「別打！別打！」

在他叫嚷的時候，另一個人，從前面的船艙中，奔了出來，他也一面搖着手，一面叫道：「別打！」

我在望遠鏡中，曾親眼看到過他們兩個人，和失蹤了的萬良生在一起，如果再懷疑他們和萬良生的失蹤是不是有關係，那我簡直是白癡了！

他們在不約而同地叫「不要打」，我當然不會聽見他們的話，我又向被我壓住的那人頭部，重重劈了一掌。我估計就是一個重量級摔角選手，在這一掌的劈擊之下，他也會昏過去的。

是以，在一掌劈出之後，我立時站了起來，我可以說是迅疾無比地跳起來的，而我一跳起來之後，立時撞向另一個人。

這一次，我行動比較小心，我已經知道，如果將他們兩個人撞到海中去，不論在什麼樣的情形下，他們都可以逃走的，所以我在向前撞擊之際，將那人撞得直向船艙之中跌進去。

當我撞跌了那人之後，剛才被我一掌擊中的那人，卻已若無其事地站了起來，這令得我陡地一怔，又緊握着雙拳，準備迎戰。

可是那人在站了起來之後，雙手連搖，疾聲道：「別打，你打我們，是沒有用的，就算打壞了我們現在這兩個身體，還有兩個，你見過的。」

我陡地一呆，一時之間，我實在不知該説什麼才好，而那人的確是若無其事，他反而笑了起來，道：「真的，你看，不論你打得多麼重，我們也不痛，你何必白費氣力！」在那樣的情形，我反倒急促地喘起氣來，我實在沒有別的話可以説了，我一開口，聲音變得連我自己也十分吃驚，我大聲叫道：「你們是什麼人？」

站在我面前的那人，並沒有回答我，被我撞進船艙去的那傢伙，笑嘻嘻地走了出來：「你問得好，我們或者應該好好談一談，不然，愈弄下去，誤會愈深，先生，我們決不是壞人，你應該相信。」

我仍然重複着那句話，道：「你們是什麼人？」

那兩個人一起向我走來，當他們向我走來之際，我覺得神經緊張，雙手又緊緊地握着拳頭，可是，看他們的情形，又實在不想和我打架。

那兩個人中的一個，來到了離我很近處，才道：「你別管我們是什麼人，總之，我們對你絕對無害，請你相信。」

他不那麼説還好，他這樣説，不論他的語氣，聽來是多麼誠懇，也只有令我更憤恨，我厲聲道：「絕對無害？你説得倒好聽，你為什麼在海底偷走了我們的推進器，令我們幾乎死在海中？」

那兩個人一聽，臉上現出十分驚訝的神色來，互望了一眼，一個像是埋怨他的同伴：「你看，我早説是有人的！」

另一個道：「我怎麼知道，那巖洞這樣隱蔽，又是在黑夜，怎會有人潛水進去？而且，那地方，我們還有很多——」

他講到這裏，突然住了口。

另一個忙問我道：「真對不起，累你們在海上飄流了許久，雖然仍是我們救了你們，但當然是我們不對，真的對不起！」

我在這時候，心中的迷惑，實在是無以復加的。

因為，不論從哪一方面來看，這兩個人，都可以說是一流的君子。

自從我第一次遇到他們時，他們的談吐，一直是那麼溫柔，行動也如此有禮。我也有理由相信他們講的話，他們弄走了那兩具推進器，並不是有心謀害我和白素。

可是，他們究竟是什麼人呢？

我深深吸了一口氣：「那麼，你們究竟是什麼人，回答我這個問題。」

那兩個人又互望了一眼：「這個問題是沒有意義的，先生，不論我們是什麼人，總之我們不是你的敵人，這就夠了！」

我又吼叫了起來：「那麼，萬良生呢？你們將他怎麼了？」

那兩個人一起嘆了一聲：「先生，請你到船艙中來，我們慢慢談談。」

他們一面說，一面還望着我，像是在徵詢我的意見，我冷笑了一聲，昂然走了進去，他們兩人，跟在我的後面。而當我進了船艙之後，我看到了世界上一件最最奇怪的事情。

那兩個人跟在我的身後，但是我一進船艙，就看到和那兩個人一樣的兩個，坐在船艙裏。

那兩個坐在船艙中的人，其實我已經見過的了，我是在這艘船的底艙中見到他們的，不但見過他們，而且，我還曾在其中的一個的手臂上，劃過一刀，使得那人流了很多血。

但儘管我曾見過那兩個人，這時，兩對一模一樣的人，出現在我的眼前，總使我的心中，產生一種極其怪異的感覺。我打横走出了兩步，望着站着的那兩個人，又望着坐着的那兩個人。

然後，我吸了一口氣：「希望你們能詳詳細細的和我說明這種情形是如何發生的，不然，我一定要追查下去，直到水落石出為止！」

那站着的兩個人互望了一眼，坐着的那兩個人，看來仍然叫人感到他們不是活人，雖然我明知如果去觸摸他們的話，他們的肌肉是溫暖的，他們的體內流着血。

兩個站着的人，在互望了一眼之後，其中一個嘆了一聲：「當你們留下那兩具推進器在巖洞中的時候，你們在哪裏？」

我聽得他們這樣問我，陡地想起那巖洞中的情形來，心中動了一動，道：「我們一直游進去，順着一條很窄的石縫，直到盡頭。」

那人又道：「你自然發現了一些很奇怪的現象。」

我道：「是的，我看到很多大氣泡，自石縫中擠出來，一直擠出巖洞去！」

我在講了那兩句話之後，頓了一頓，又道：「不過，那不算什麼奇怪，比起我現在看到兩對一模一樣的人來，簡直不算什麼！」

那兩人又互望了一眼：「到了那窄縫的盡頭之後，沒有再進去？」

我實在有點光火，大聲道：「那裏面根本沒有別的通路，你叫我怎麼進去？」

那兩個人笑了起來，道：「別生氣，我們的意思是，你沒有窮追究竟，這是對雙方面有利的事情，就這樣算了，好麼？」

我厲聲道：「不行！」

那兩個人攤着手，其中一個道：「你主要的目的，是想找回那位萬先生來，是不是？我可以告訴你，他還在『快樂號』上。」

我冷笑道：「這一點不必你來提醒，我也知道，我看到過他，不論他躲得多麼好，我會找他出來的。」

那人搖頭，道：「不，你找不到他，因為他完全變了，變了另一種生活方式。」

我有點不明白那人這樣說是什麼意思，但是我卻認定了他是在狡辯。是以我立時又道：「而且，我不單要找出萬良生，也要知道你們是什麼人？」

那兩人的神情，很有點惱怒，這是我第一次在他們兩人的臉上，看到那種發怒的神情，而事實上，他們的惱怒也是很輕微的。

他們中的一個道：「你們最叫人不明白的一點，是根本不讓人——一個人，有自願選擇他自己喜歡的生活，而用許多名詞，例如社會、道德等等，去強迫一個人做他不願做的事，過他不願過的日子！」

我呆了一呆，因為那人在忽然之間，對我説起一個很大的大問題來了。這傢伙提出來的問題，是人類所無法解決的一個死結。

我完全明白這傢伙的意思，他話中的「你們的社會、道德等名詞」，是指人類社會中的「社會習俗」、「人為法律」而言的。在「習俗」和「法律」之下，人還剩下多少自由，當真是值得懷疑的事。

然而，人類又豈能不要法律、不要習俗？

當我想到了這一點的時候，我陡地震動了一下！

因為，我感到，他們兩人，對於「法律」和「習俗」的約束，感到如此自然而然的反感。

如果他們是地球人，那麼，自出生以來，就一直受到「習俗」和「法律」的影響，就算對之有反感，也決不可能如此徹底，如此自然。

那麼，他們一定不是地球上的人類！

我怔怔地望着他們，他們也像是感到自己講錯了什麼似地望着我。

過了好半晌，我才選擇了一個最好的問題來問他們，我這樣問，等於是肯定他們是來自另一個地方的了！

我不問他們是從哪裏來的，我直截了當地問道：「你們那裏是怎麼樣的呢？」

那兩個人其中一個緩緩地道：「每一個人，是他自己，完全不受別人的影響，自己就是自己。」

我緩緩地道：「沒有法律？」

那人道：「如果說法律是防止一些人，侵犯另一些人的話，那麼，在一個自己完全是自己，根本和別人無關的地方，法律又有什麼用？」

我還沒有出聲，另一個人又道：「而且，所謂法律，保護了一些人利益，是群體社會中的產物，在一個根本沒有社會組織的地方，怎會產生法律！」

我腦中十分紊亂：「我不明白，除非你們不是生物，不然，怎可能每一個個體就是一個個體，不和其他任何個體發生關係！」

那兩個人笑了起來：「當然可以的，事實上，地球上也有很多生物是那樣的！」

我大聲道：「絕對沒有！」

那兩個人中的一個道：「海洋中的大多數貝類生物，就是每一個個體生存的，根本不和其他個體發生關係，從生到死，自己就是自己，沒有社會，沒有法律，沒有任何約束！」

我冷笑了幾聲：「你引用了低等動物，來證明你的理論！」

那人溫和地笑了起來：「動物是無所謂高等和低等的，朋友，生命是平等的，你是人，是生命，貝類生物也是生命。而且，我們觀察的結果，證明貝類的生活，遠比人的生命自在、輕鬆，我們更有一個極其具體的證據，可以證明——」

那人講到這裏，另一個人突然阻止他，道：「夠了，我們答應過萬先生的。」

那人卻搖着頭道：「不要緊，這位先生，也是一位明白道理的人，我相信他不會硬去做違反萬先生自己意願的事情。」

我揮着手：「你們在說什麼，最好說明白一點，萬先生能幫你們證明什麼？」

那人道：「那天晚上，在那個荒島上，我們遇到了萬先生，他一個人，很寂寞地坐在沙灘上，望着海水，我們當然談了起來——」

那人略停了一停，才又道：「和萬先生交談的內容，和我們剛才所講的差不多。」

我道：「那又怎樣？」

那人道：「萬先生很同意我們的見解，他自我介紹，說他是一個很成功的人物，幾乎擁有世界上的一切，可是就少了一樣！」

我略呆了一呆，萬良生是什麼人，我在一開始敘述這個故事的時候，已經介紹過了，所以這時，我也很難想得出，像萬良生這樣的人，會缺少了什麼。

我道：「他少了什麼？」

那兩個人異口同聲，道：「他沒有自己！」

我又呆了一呆，這句話，的確是不容易理解的，是以我一時之間，不知該作如何反應。

那兩個人中的一個又道：「其實，不但他沒有自己，你們每一個人，都沒有自己，你，有你自己麼？」

我瞪視着他們兩人，仍然答不出來。

我有自己麼？

我自己是怎麼樣的？我發現，我連自己是怎樣的也不知道！

那人輕輕拍着我的肩頭：「別難過，或許你們已經習慣了沒有自己的生活，你們每一個人，和其他許多人，發生千絲萬縷的關係，沒有一種關係是可以缺少的，你們就生活在這種關係之中，在這許許多多、千絲萬縷的群體關係之中，自己消失了，你不但沒有自己，甚至不知道什麼是自己！」

我感到很狼狽，我感到那兩個人的話，像是一個圈套，而我已經鑽進了他們這個圈套之中，很難出來了，我思緒在竭力掙扎着，仍然亂成一團，最後，我只好道：「那和萬良生有什麼關係？」

那人道：「萬良生同意說他沒有自己，他要要回他自己，他起先，也和你一樣，說地球上的生物沒有那樣的例子，我告訴他，貝類生物是，於是，他作了他一生之中，最大的抉擇！」

我幾乎是失聲叫了出來的，我道：「你的意思是，他……他……他……」

我本來是在尖叫着的，但是突然之間，我忽然變得口吃起來，再也說不下去了！

而那兩人，卻一起點着頭，他們像是明白我想説而沒有説出來的話是什麼一樣。

我不由自主地喘着氣，聲音低得幾乎像是垂死的人的呻吟一樣他：「萬良生……變了……變成了一種貝類動物？」

那兩個人又一起點頭。

我的天，那枚螺！

那枚被小郭在沙灘的毛巾中發現，放在「快樂號」海水魚缸中的那枚螺，那枚被白素認出叫作「細腰肩棘螺」的螺！

那竟是萬良生？

當然那不會是，於是，我笑了起來，道：「你們兩人的本領真大，竟用一番話，引導得我自己作出了這樣的結論來，太滑稽了！」

那兩個人一起搖頭，一個道：「本來，你已作出了正確的結論，但是你又推翻了它。」

我道：「好的。那麼，請告訴我，你們用什麼法子，可以將一個人，變成一枚螺？」

那人道：「生命是抽象的，一個活人和一個死人，在物質成分上，沒有絲毫不同，這一點，你總應該同意。」

我道：「不錯，生命是抽象的，正因為如此，你們不能將抽象的東西抽出來。」

那人道：「我們沒有將抽象的東西取出來，只不過作了一種轉換。自然，這種轉換的過程很微妙，不是你所能夠了解的。」

我「哈哈」笑了起來：「好，我照你所說，作了一個轉換，那麼，在轉換之後，萬良生的身體，到了什麼地方去了？」

那人一點也不覺得我的問題對他是一種嘲笑，他一本正經地道：「在那枚螺原來在的地方。」

我一個勁兒的搖着頭，一直搖着。

那兩個人也一直搖着頭，過了好一會，一個才道：「事實上，你可以和萬良生交談，他可以發出聲音，因為他變得不徹底；但是他可以變得徹底的，我可以告訴你的是，他為了要回他自己，放棄了人的生活，而寧願成為一枚螺，這證明個體生活優於群體生活，個體生活永遠沒有紛擾，因為每一個個體，根本不知道有別的，個體和個體之間沒有任何關係，一切糾紛．就完全沒有了！」我仍然在搖着頭，就在這時候，我聽到一陣冷笑聲，那兩個人，一起叫了起來，道：「『快樂號』追上來了！」

快樂號居然追上來了，這是大大出乎我意料之外的事情，我連忙出了船艙。當我衝出船艙的時候，我看到「快樂號」，而白素在駕駛艙中，向我揮着手。我也立即知道「快樂號」為什麼會追上來的原因，因為那兩個人的船，幾乎停在海面不動。

那兩個人在我身後叫道：「你快回『快樂號』去吧！」

我陡地轉過身來，道：「不行！」

可是，那兩個人，突然一起用力在我的背後推了一下，那一下襲擊，是完全出乎意料之外的，我的身子向前一衝，立時跌進了海中。

在我跌下海去的同時，一隻巨大的救生浮泡，也一起跌了下來。

我連忙抱住了浮泡，那艘船以極高的速度，駛了開去，「快樂號」則立時停了下來。等到我爬上「快樂號」時，那艘船已經看不見了！

我上了「快樂號」，伏在甲板上喘氣。我絕不是因為身體上的疲倦，而是因為思想上的疲倦，白素奔到了我的身邊，她向我提出了一連串的問題，可是我卻一個也沒有聽進。

過了好久，我才抬起頭來：「我沒有事，萬良生在『快樂號』上。」

出乎我意料之外，白素竟點了點頭：「我知道，我找到他了。」

我吃驚地跳了起來：「不會吧，他已經變成了一枚螺。」

白素揚了揚眉：「是的，那枚『細腰肩棘螺』，我還和他談過話，他喜歡無拘無束的獨立個體生活，他說那樣，才真正有他自己，他要求我將他拋到海中去！」

我叫了起來，道：「別答應他。」

白素卻平靜地道：「我已經做了，他有權選擇他自己喜歡的生活的，是不是？」

我沒有說什麼，我又伏在甲板上，喘起氣來。

萬良生從此沒有再出現，我們也不曾向任何人說起這段事，因為說了也不會有人相信。而有一點可以肯定的是，萬良生確然找回了他自己，在大海之中，他可以完全自由生活着。

而我們，一切人，卻仍然沒有自己，在千絲萬縷的關係中，「自己」消失了。

（全文完）

後記

有看過這個故事的說：這故事有頭無尾，好多情節，沒有解釋，其實，那是故意的。故事所要表達的已表達了，其餘從略，好讓看的人發揮一下自家的想像，這個故事中，那「兩個人」，有相同的「替身」，自然是外星人的「工具」，外星人原來樣子如何，各憑想像，他們製造了人的外形，使自己進入其中，看來和地球人一樣——這種外星人到地球的設想，在衛斯理故事中很多，最近才有一部美國電影，採取了這種方式，至於巖洞的氣泡是什麼，更加可以設想多種可能，所謂「明人不必明說」，就是這個道理。

一九八六年九月十四日補記

消失

第一部

新娘突然不見了

世界上有很多不可思議的消失，有的是一個人，有的是一群人，甚至有整個帝國的消失，更奇的是，死人也會突然消失。

在所有消失的例子中，最著名的，自然是大魔術家侯甸尼的消失。侯甸尼是在一次「解脫」表演中消失的。他是「解脫」表演的專家。

所謂「解脫」表演，就是將表演者的手、腳都鎖住，放入大鐵箱中，埋在地底，或沉入海中，而表演者能在指定的時間內安然脫身的一種魔術。

侯甸尼就是在那樣的表演中消失的，他超過了預定的時間，還沒有出現，參觀者以為他出了意外，連忙打開箱子，可是他人卻不在箱中，從此之後，他再也沒有出現，消失了，像是泡沫消失在空氣中一樣。

加拿大北部的一個獵人，在經過一個愛斯基摩村落之際，發現所有的狗都死了，而居民全部不知所蹤，一切應用的東西全部留着，只是人不見了。加拿大騎警隊的檔案中對這件事有詳細的紀錄，大規模的搜索，持續了兩個月之久，一點也沒有發現。

在非洲，一個男子被控謀殺，判處死刑，他力稱冤枉，在絞殺之後，被埋葬了，後來發現真兇，將被冤枉的人遷葬，卻發現屍體消失了。

印加帝國曾有過全盛時期，留下燦爛輝煌的遺蹟，但這個帝國何以突然消失，歷史學家迄今未有定論。

航海者在海上發現一艘船在飄流，登上艇上，咖啡還是熱的，一隻蘋果吃了一半，還未曾完全變色，可是船上卻一個人也沒有，消失了……

這種奇異的消失例子，單是有紀錄可稽的，隨便要舉出來，就可以有超過一百件。

這些怪事的性質全是相同的，人會忽然消失，到哪裏去了呢？沒有人知道，是什麼力量使他們消失的呢？沒有人知道。

這是一個謎，至今未有人明白的謎。

現在，來說一個與我有關的「消失」的故事。

余全祥是一個自學成功的典型例子，他從來未曾受過小學和中學的教育，但卻是一間世界著名大學的工程學博士。

當他還未曾大學畢業時，他幾篇在工程學上有獨特見解的文章，已使人對他另眼相看。幾個規模龐大的工程公司，已頻頻派人去和他接頭，希望他在學業完成之後，能夠加入公司服務。爭相聘請他的大公司，一共有四家之多。

我之所以要從頭講起，是想說明一個事實，那事實便是，一個人在有所選擇之際，他一剎那的決定，足以影響他今後的一生。

那四家公司之中，有一家是在美國展開業務的，另一家則在加拿大，一家在亞洲，一家在阿拉斯加。

在美國的那家條件最好，而且余全祥是在美國求學的，而在亞洲有龐大業務的那家也不錯，因為他究竟是一個東方人。

加拿大的那家，也有着充分的吸引力，因為那家公司的聲譽隆，資格老，而且對余全祥十分優待，甚至允許他還在求學時期，就可以支取高薪。

然而，余全祥卻偏偏揀了那家主要業務在阿拉斯加的那家公司。

當他將決定了將來服務地點的消息告訴我時，我忍不住笑他：「阿拉斯加，你對阿拉斯加知道多少？除了知道那是一個冰天雪地的地方，和當年俄國人只以五十萬元賣給美國的之外，你還知道什麼？」

在這裏，自然要補充一下我與余全祥的關係。

余全祥是一個孤兒，但他卻有顯赫的家世，他的父親曾經統領過數萬雄兵，他的兩個叔叔，也全是軍人，南征北戰，戰績彪炳。但是，他的父親卻也像大多數的軍人一樣，死在沙場上。當他流落在這個城市來的時候，是被他父親的一個勤務兵帶來的。

而那個勤務兵，和我們家的老僕人老蔡是同鄉，時時帶着他來找老蔡，我曾經看出他從小就十分好學，幾次要勉勵他上學去，但是他卻不肯。

他不肯上學的理由很特別，他說，現在的小學和中學教育，可以稱為白癡教育，從小學到中學，要花上十年到十二年的時間，用這些時間去教育一個白癡才差不多，普通人，實在是太浪費時間。

他說那番話的時候，還只是適合讀初中的年齡，當時我覺得余全祥這小子，有點狂妄，所以才沒有再繼續和他談下去。

我還是時時見他，知道他在自修，不到三年，他就到美國去了，當他漸漸出名之際，我再想起他所說的那番話，覺得多少有點道理。

現在的中、小學教育，就算不像他所說的那樣偏激，是白癡教育，也至少是不適合有特別才能的人，十年到十二年的時間，實在是太長了。

余全祥在長途電話中，將他選擇職業的決定告訴我，當時，他在聽了我的話之後，笑着：「是的，我不了解阿拉斯加，而且，我想我也不會喜歡這個冰天雪地的地方。」

我忙問道：「你是說，你有別的理由？」

「是的，」余全祥立即回答：「別的理由，你再也想不到的，我愛上這家公司總裁的女兒，所以我才不得不作那樣的選擇。」

我聽了之後，不禁大笑了起來。

在我的笑聲中，他又道：「你知道，我沒有親人，所以，當我結婚的時候，我希望你能來參加，作為我唯一的中國朋友。」

我幾乎連考慮也沒有考慮，就答應了下來：「好的，什麼時候？」

「大約在半年後，我先得畢了業再說，到時，我再告訴你。」

「好，一言為定。」我回答他。

那是我和他的一次通話，自那次通話之後，足有半年，只是在一些通訊中，或是一些雜誌上，看到他的消息。

而他在結婚前一個星期，他才在長途電話中告訴我，我應該啟程了。

五天之後，我步出機場，踏足在舊金山的機場上，我看到了余全祥，和他在一起的，是一個十分動人的紅髮女郎，那自然就是他的新娘了。

那紅髮女郎叫作雲妮，和余全祥親熱得一直手拉着手，在他們兩人的臉上，都洋溢着幸福的笑容，我看到過不少幸福的伴侶，他們這一對，可以稱得上其中的代表。

余全祥已有了他自己的屋子，公司還撥了一架飛機給他，好讓他將來在阿拉斯加工作時，隨時飛回來，我笑着問雲妮：「將來他到阿拉斯加去，你去不去？」

「我當然去，他到哪裏，我就到哪裏，我也是一個工程師，我們的工作是一樣的！」雲妮毫不猶豫地回答我，當然，她仍然握着余全祥的手。

余全祥的房子很精美，客廳中已堆滿了禮物，我雖然是余全祥的客人，但是余全祥卻完全沒有時間來陪我，除非我對選擇新娘禮服等等瑣碎的事情也有興趣。因為余全祥每一分鐘，都和雲妮在一起。

終於，到了婚禮舉行的日子，余全祥和雲妮，手拉着手，在一片紙花飛舞之中，奔出了教堂，鑽進了汽車，直駛了開去。

他們的蜜月地點很近，就在雲妮父親的一幢海邊別墅之中，那地方我沒有去過，但是據雲妮的描述，那簡直就是天堂，在那屋子的五哩之內，沒有任何房子，除了海濤聲之外，聽不到任何聲音，而他們兩個人，就準備在那屋子裏度過他們新婚後第一個月，而且，他們計劃全然不和外人接觸。

這自然是一個十分富於詩意的安排，尤其對於他們這一對感情如此之濃的新婚夫婦而言，這一個月甜蜜的日子，他們一定終生難忘。

在他們的汽車駛走之後，我回到了余全祥自己的房子中，準備明天回家，我坐在游泳池旁，望着池水，陽光很暖和，我換上了泳裝，在水中沉浮了一小時，才離開了泳池，調了一杯酒，聽着音樂。

我在想，既然到美國來了，可有什麼人想見的，在明天登機之前，可以先見一見他們。但是我由於疲倦，想着想着，就睡着了。

我是被電話鈴聲吵醒的，我揉了揉眼睛，電話鈴聲在不斷響着。

那自然是來找余全祥的，而且那打電話來的人，也不會和余全祥太熟，不然，不會不知道余全祥已經去度蜜月了。

所以，我並不打算聽那電話，可是電話鈴卻響了又響，一直不停，我有點不耐煩了，走過去，想將電話的插梢拉出來，可是在我走過去的時候，身子在几上蹦了一下，將電話聽筒蹦跌了下來，我立即聽到了輕微的余全祥的聲音，他叫道：「天，為什麼那麼久才來接電話！」我呆了一呆，忙拿起了電話來：「是你，我還以為有人打電話來找你，正準備將插梢拔掉啦！」

余全祥喘着氣，他的聲音十分急迫：「你快來，快來，我完全沒有辦法了！」

我用力搖着頭，想弄明白我是還睡着，還是已經醒了過來。

當我弄清楚我已經醒了，並不是在做夢之際，余全祥的聲音更焦急，他叫道：「你快駕車來，愈快愈好，一轉進海旁公路，就向北駛，你會見到一幢深棕色的房子，在山上，你快來！」

我根本連問他究竟發生了什麼事的機會也沒有，他就已經放下了電話。

我呆了大約半分鐘，我知道一定發生了極度嚴重的意外，但是我卻無法設想那究竟是什麼意外。

我立時駕着他的一輛跑車，以極高的速度，向前駛去，在轉進了海旁公路之後，我駛得更快，幾乎超越了所有在我前面的車子。

不多久，我就看到了那幢在山上，面臨着懸崖的深棕色的房子，我也找到了通向那幢房子去的路，跑車吼叫着，衝上了山路。

不多久，車子已停在那幢房子之前，我從車中，跳了出來，奔到門口，門打開着，我一直走進去，叫着余全祥的名字。

我穿過了佈置得極其舒服的客廳，來到了臥室的門前，臥室的門也打開着。

我看到了余全祥。

余全祥站在浴室的門前，臥室中一片凌亂，好像什麼都經過翻轉一樣。

我又大叫了一聲：「全祥！」

余全祥動作有點僵硬，他慢慢地轉過身來，我一看到他的臉容，便嚇了老大一跳，幾小時前，我才和他在教堂之前分手，他容光煥發，喜氣洋洋；可是現在，他的臉容是死灰色的，他的額上，滿是汗珠，他那種痛苦之極的神情，是我一世也不能忘記的。

我忙道：「發生了什麼事？什麼事？」

余全祥指着浴室，在他的喉間，發出了一陣「咯咯」的怪聲來，他的手在抖着，整個人也在發着抖，可是卻一句話也講不出來。

我實在給他的神情嚇呆了，我立時衝向浴室，我以為在浴室之中，一定發生了極其可怕的事。

但是，當我進了浴室之後，我不禁一呆。那是一間十分華麗的浴室，全鋪着花紋美妙的大理石，那是一間十分正常的浴室，並沒有什麼意外發生。

我轉過身來，看到余全祥雙手掩着臉，正在失聲痛哭！

我奔到了他的身邊，將他掩住臉的手，拉了下來：「究竟是什麼事？你怎麼不說話？」

余全祥仍然沒有回答我，而在那一剎間，我也覺得不很對頭了。

因為自從我進屋子來之後，我只見到余全祥一個人，但是，他是不應該一個人在這裏的，他的新娘呢？在什麼地方？

我忙問道：「全祥，你的新娘呢？」

余全祥直到這裏，才「哇」地一聲，怪叫了起來，他那一下叫聲，實在比任何哭聲更難聽，所以我稱之為「怪叫」，接着，他才道：「她不見了，她……突然不見了，她不見了！」

余全祥一連說了三遍「她不見了」，他的聲音之淒厲，令得我遍體生寒，毛髮直豎，我忙搖着他的身子：「你在說什麼？」

余全祥的身子，在我搖動之下，軟倒下去，我忙扶住了他，讓他坐在牀上，他道：「你……你可以看得到，她不見了。」

我仍然無法明白，究竟是怎麼一回事，但是有一點，可以肯定，那便是他的新娘，一定不在這屋子之中！

我先讓他坐着，然後出去，拿一瓶酒進來，倒了半杯給他，他接過酒杯，一飲而盡，酒順着他的口角，向下淌來，他嗆咳着。

然後我才道：「你慢慢說，她是怎樣不見的。」

余全祥道：「我們到了這裏，先跳着舞，後來進了臥室，她到浴室中去，我躺在牀上……」

他講到這裏，連連喘了幾口氣。

我並沒有出聲催他，他又道：「我聽到她在放水進浴缸的聲音，她還在哼着歌，我從牀上躍起，推開浴室的門要去看她，當我將門推開一半的時候，我聽到她突然叫了一聲。」

我全神貫注地聽着，余全祥又急促地喘起氣來。

他呆了片刻，才又道：「我那時，笑着，說：親愛的，我們已經結婚了，你還怕什麼？我略停了一停，未曾聽到她再發出叫聲，於是，我就推開浴室的門，可是浴室中卻沒有人，她不見了！」

我身上那股莫名其妙的寒意更甚，因為那實在是不可能的事！

我吸了一口氣：「或者她是躲了起來，和你開一個玩笑？」

「自然，當時我也那樣想，可是，浴室中卻並沒有可以藏得一個人的地方，窗子開着，窗外是懸崖，我找過了，她是突然不見了，所以我才打電話給你的，我全找過了，她不在屋中！」

我忙道：「會不會她跨出了窗子，卻不幸跌下了懸崖去？那也有可能的！」

「不會，」他搖着頭：「窗子從裏面拴着，而且，時間實在太短促了，我在浴室的門口，聽她發出了一下呼叫聲，只不過停了一秒鐘，當我將門完全推開時，她已經不見了。」

我皺着眉：「這不可能！」

余全祥像是根本未曾聽到我的話一樣，他只是握住了我的手：「我怎麼辦？你一定要幫助我！我絕對不能失去她的！」

我拍着他的手臂，安慰着他：「你先鎮定一下，那實在是沒有可能的事。」

「你別只管說不可能，它已經發生了！」

我深深地吸了一口氣：「是。已經發生了，我們得想辦法把她找回來，你只找我一個人幫忙是不夠的，你應該報警！」

余全祥抓着他本來已十分凌亂的頭髮：「報警？你以為警方會相信我的話麼？你想，警方會如何想？他們一定想，是我令得她失蹤的！」

老實說，我提出「報警」這個辦法來，也是因為懷疑到了這一點。

余全祥所説的經過，是沒有人會相信的，連我，就算深知余全祥極愛他的新娘，決不會做出對他的新娘不利的事來，但我的心中就不免有懷疑。有可能余全祥患有一種罕見的突發顛狂症，在一剎之間，會失去理智，所以我才要警方來調查。

可是，余全祥自己卻講出了這一點來！

他接着道：「我只能請求你幫助，只有你才能夠幫助我！」

我苦笑着，道：「那麼，你總不能夠不通知警方，如果我們不能將她找回來的話！」

余全祥的雙手捧住了頭，身子不住在發抖，沒有說什麼，我呆望了他一會，又走進浴室之中。

浴室中實在沒有什麼異樣之處，浴缸中放了半缸水，我心中一動：「全祥，是誰關掉了水龍頭的？」

余全祥抬起頭來：「我沒有關過。」

如果余全祥的回答說「是我。」，那麼我對他的懷疑，一定增加，因為他在發現他的新娘失蹤之後，還有足夠的理智，將水龍頭關上，那是不可想像的事。

他沒有關掉水龍頭，那麼，是誰做的？

我走到浴缸旁邊，想扭開水龍頭，但是我立即想到，那可能是一個重要的關鍵，開關上可能留有指紋，所以我沒有再去踫它。

除此之外，浴室中實在沒有任何可疑之處了。

我站在浴缸邊上，想像着一個人在什麼樣的情形下，會突然不見，可是我卻無法想像！

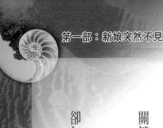

第二部

新郎也失蹤了

我查看着浴室的窗子，並且將窗子推了開來，窗外有一重鐵欄，鐵欄相當疏，如果一個人要硬擠出去，也可以辦到。

但是照余全祥的說法，也是不可能的，因為任何人都不能在一秒鐘時間內從窗中鑽出去。

我向前看去，一片漆黑，什麼也看不到，我佇立得久了些，才隱約可以看到，窗口離峭壁，很遠，峭壁之下，便是海洋。

在這浴室中，我實在找不到任何線索，我想回到房間中再和余全祥商量，就在我將要轉過身去的那一剎間，我突然看到在峭壁的一個凸出的巖石上，有一團綠色的亮光，閃了一閃。

那種綠色的光芒，看來十分異特，它好像是一團火，而並不是什麼燈光，因為它的光芒，是閃動的，不穩定的，而且那種異乎尋常的碧綠，也十分罕見。

我連忙叫道：「全祥，你快來看！」

余全祥奔進了浴室，這時，那團綠色的光芒已不見了，我指着那地方：

「那裏好像有一塊大石凸出來，石上有什麼東西？」

余全祥的神情，沮喪已極，他甚至聽不到我在問他什麼，一直到我問到了第三遍，他才道「哦」地一聲，道：「是的，那是一塊大石，石上沒有什麼。」

「可是剛才我看到了一團綠光！」

「綠光？大約是你眼花——」

余全祥才講到這裏，那團綠光，又閃亮了起來，這一次，那種碧綠色的光芒，閃耀得更強烈，連附近的山巖，也都成了一片碧綠。

而更令我和余全祥兩人，血脈幾乎為之凝結的，是在那綠光一閃之間，我們都看到，在那塊凸出峭壁的大石口，有一個人！

那綠光的閃耀，時間決不會比一次閃電更長，但即使只是十分之一秒的時間，我們也可以看到那個人——或者說，那條人影。

那毫無疑問，是一個女人，她筆直地站着，長髮在迎風飄蕩。

我立時叫道：「大石上有人！」

余全祥則更是尖聲叫了起來：「雲妮！」

雲妮就是余全祥的新娘，我是知道的，余全祥既然那樣叫了出來，那麼，可以肯定，站在大石上的那個女人，不是別人，正是雲妮了。

雲妮如何會到那塊大石上去的，她為什麼要筆直地站在那大石上，那兩次閃亮的綠光，又是什麼？

這一連串的疑問同時在我和余全祥的心中升起。

但是我們也都沒有時間去想這些問題，現在，先將雲妮找回來要緊。

我和余全祥，都以極高的速度，奔出了屋子，奔出了屋子後面的峭壁上，余全祥不斷叫着雲妮的名字，當我們來到峭壁邊緣，余全祥連考慮也不考慮，就由陡直的峭壁上落下去，我連忙也跟着攀下去，那塊大石，離峭壁的頂，約有十碼，而那塊大石，則足有三百平方呎。

可是，當我們兩人，先後落到了那塊大石時，大石上卻一個人也沒有。

余全祥幾乎像是瘋了一樣，身子一聳，就陡向大石外撲了下去，我嚇了一大跳，連忙伸手將他拉住，喝道：「你想做什麼？」

余全祥像是一個小孩子一樣地哭了起來：「雲妮剛才在這裏，她剛才還在這裏的！」

我一面拉住了余全祥，一面道：「是的，她剛才還在這裏，看來她好像是患有夢遊病一樣——」

我講到這裏，便沒有再向下講去。

因為，如果雲妮是患有夢遊症的話，那麼她這時不在大石上，唯一的可能就是她已經跌下懸崖去了！

余全祥顯然也料到了這一點，是以他才不顧一切，要向峭壁撲去的。

我認為余全祥再留在這塊大石上，是很不安全的事。是以我拉着他，來到了靠近峭壁的地方。我用十分沉重的聲音道：「全祥，你快攀上去，去報警，或許雲妮受了傷，正急切需要救護，我留在石上，看看可有什麼線索，你快去報警！」

余全祥傻瓜也似地站着，我話講完了，他仍然呆立着不動。

我用力在他的臉上，摑了一下，叫道：「快去報警，請警方派出搜索隊伍，來尋找雲妮！」

我呆立在大石上，回想着剛才看到的情形。

雲妮的確是在那塊大石上，但是，我們奔出來的勢子如此之快，雲妮一定是在極短的時間內，離開了這塊平整的大石的。

她不可能是攀上了峭壁，也不可能再向下攀落去，要在那麼短的時間內離開大石，唯一的可能，就是跌了下去！

我慢慢地來到了大石的邊緣，向下看去，下面的峭壁，至少有兩百碼高，海水的浪頭，沖在峭壁上，濺起老高的浪花來！

我的心中不禁苦笑着，因為照這樣的情形看來，雲妮生還的希望，微之又微。但是我的心中，仍不免有疑惑，雲妮是從這塊大石上跌下去，那看來是最好的解釋，可是，又如何解釋那兩次突然亮起的綠色光芒呢？

我轉過身來，那種綠色的光芒，閃了兩次，我記得好像全是在靠近峭壁處亮起來的。

所以我轉過身之後，便向峭壁走去，近峭壁處，有很多矮樹和野草，我一走到了近前，就發現有一大片野草，十分凌亂。

從那種情形看來，好像是有人在草叢中打過架，而且，那一定還是不久以前的事，因為有一些斷折了的草莖上，還有白色的漿汁滲出來。

在離開那堆凌亂的野草不遠處，有兩株灌木，斷折在巖石之旁，我俯身下去，仔細察看着那兩株折斷了的灌木，也就在我的臉離大石十分近之時，我嗅到了一股十分異樣的氣味。

那種氣味，勉強要形容的話，可以將之說成是一股很濃的焦味。

那焦味從石頭上散發出來的，但是當我的身子，略略移動了一下，離開了斷樹時，那種氣味就沒有了。我再來到野草叢前，俯身聞了一聞，斷草叢的地上，也有着同樣的氣味。

我站直了身子，心中亂成一片。

那種怪氣味，自然不是天然從巖石中發出來的，石頭絕不可能有那樣的氣味。

那麼，它應該是由某一種東西留下來的，那種不知是什麼的東西，應該一共是兩個，當它們停留的時候，一個壓倒了一大片草，而一個壓斷了兩株樹，可知它們十分沉重。

然而，它們的體積，卻不會太大，如果只是圓形的，至多兩三呎直徑而已。

我甚至還可以推想得到，那東西能發出那種奇異的綠色的光芒來。

這是我已得到的線索，但我也無法想像，那兩個東西和雲妮的失蹤之間的關係。

正當我在呆呆想着的時候，余全祥已在峭壁上大聲叫道：「搜索隊伍很快就到，你發現了什麼？」

我抬起頭：「我發現這裏曾有兩個不知是什麼的東西停留過，它們壓斷了樹，而且，還留下一種十分怪異的氣味。」

余全祥已攀着峭壁落下來，當他來到了我的身邊之後，我將那兩處地方，指給他看，並且叫他，去聞一聞那怪異的味道。

余全祥站起身來時，他的臉上，現出了疑惑之極的神色來，他道：「這……說明了什麼？」

「有兩個物體，在這裏停留過！」

「那……是什麼東西？」

我緩緩地道：「全祥，宇宙是無際的，我相信你一定明白，宇宙中億萬顆星球中，不會是只有地球上才有生物的吧！」

「星球人！」余全祥叫了起來，但是他仍然搖着頭：「那是電視片集中的玩意兒，雲妮……你是想說，雲妮是被星球人擄走的？」

「那只不過是一個可能！」

「不會的，照這裏的情形來看，停留的物體，體積很小，根本載不下一個人！」

我點頭道：「這一點，倒是實情，我們不妨多一點假設，對事情總是有幫助的。」

這時，一架直升機已然發出震耳欲聾的聲響，經過了我們的頭頂。

接着，警車也來了，有兩輛警車，直駛到懸崖邊上，着亮了強烈的燈光。燈光直射向下，將那塊凸出的巖石，照射得十分明亮，不少警員都攀了下來，兩個高級警官，不斷向余全祥和我，提出種種問題。

余全祥因為實在太沮喪了，是以他反而說得不多，倒是我，將經過的情形，詳細向那兩位警官敘述着。在我們談話期間，搜索工作已經開始進行了。

我已經看到水警輪在水面上巡弋着，強烈的燈光，不住地在平靜的海面上，掃來掃去。

一個警官將我所說的話，詳細地記錄下來，我特別向他強調指出，大石上似乎有什麼東西停留過，壓倒了的草，和壓斷了的灌木，都可以證明這一點。

那兩個警官也細心地察看了我指給他們看的所在，他們的臉上，都現出一種十分奇異的神色來，其中一個直起了身子來之後，問我道：「你以為那是什麼東西所造成的？」

我搖了搖頭：「如果我知道，那就好了。」

那警官道：「如果你們真的曾看到余夫人曾在這裏出現，那麼，這可能是她曾坐在這裏！」

我呆了一呆，我事先未曾想到這一點。一個人的體重，自然可以將草壓倒，也可以將灌木壓斷，那警官這樣的推測，可以說是十分有理的。

而且，我也找不出其他的理由駁斥他。只不過，我總感到，那是不可能的，至於為什麼不可能，我卻也說不上來。

我呆了片刻，才道：「警官先生，你的說法，或者有理，但是那種綠色的閃光呢？我和余先生都曾清清楚楚地看過那種綠色的閃光，那究竟是什麼東西，你可有解釋麼？」

那警官搖着頭：「我沒有解釋，如果你們堅持見過那種綠色的閃光，那麼，我會報告上去，請有關部門來作進一步調查。」

我忙道：「我確實見到過，不是那種綠色的閃光，我們根本無法在黑暗之中，看到有人站在巖石上！」

那警官點着頭：「好，我已經記錄下來，請你們兩位回到屋子去。」

余全祥一直默不作聲，直到這時，他才大聲叫了起來：「她在哪裏？她究竟到哪裏去了？」

我扶住了他：「警方正在尋找，你鎮定些，我們應該回到屋中去，等候警方的搜索結果。」

我一面說，一面扶着他走向懸崖，他任由我扶着向前走去，並沒有反抗，可是他卻哭了起來，他道：「我看不到她了，再也看不到她了，我推開浴室的門，不見她之後，我就有了那樣的感覺。」

我還想勸他幾句，但是我卻不知道如何啟齒才好，因為這件失蹤案，實在太神秘了。

如果不是在峭壁凸起的大石上，曾出現那樣綠色的閃光，如果不是在閃光之中，看到了人影的話，那麼，或許我還會有別的推測。

但是，我是的而且確，看到她站在那塊大石上的！

她是如何出了浴室，為什麼要出浴室，現在去了何處，這一切，都成了難解之謎，在一片謎團之前，我想勸慰余全祥幾句，也感到難以開口！

我們來到懸崖邊上，警員已從上面懸下了繩梯來，我扶着余全祥向上攀去，那兩個警官也攀了上來，我們一起來到了屋子之中。

那兩個警官，又領着警員，詳細地檢查着屋子的每一部分，我們坐在客廳中，余全祥一直用手托着頭，一句話也不說。

一直忙到了天亮，警員已開始收隊了。

那兩個警官來到了余全祥的身前，余全祥抬起頭來，在白天看來，他的神色，更是憔悴得駭人。

那兩個警官抱歉地道：「余先生，搜索沒有結果，我們還在繼續在海面尋找她的。」

余全祥像是夢囈也似，喃喃地道：「你們找不到她了，再也找不到她了！」

那兩個警員，都伸出手來，拍着余全祥的肩頭：「我們會盡力的，余先生！」

接着，一個警官到了我的身邊，低聲道：「衛先生，我們想和你單獨談談。」

我站了起來，和那兩個警官，一起走出了屋子，來到了屋前的草地上，早上的太陽，照在身上，很暖和，可是我的心頭，卻是感到一陣陣的寒冷。

那兩個警官猶豫了片刻，才道：「衛先生，我們已從上級那裏，知道了你的特殊身分，我們可以相信你，是不是？」

我苦笑了一下：「是的。」

一個警員來回踱了幾步：「衛先生，這不是一個普通的失蹤案，其中有很多疑點，我們認為余先生的話不可靠。」

我呆了片刻：「對於一個傷心欲絕的新郎而言，你的結論，未免殘酷。」

那警官聳了聳肩：「沒有辦法，我是一個警官，對每一件案子，我重視的是事實和證據，我無法照顧到每一個當事人的情緒。」

「你認為可疑的地方在哪裏？」我問。

「余夫人不可能和余先生所說那樣離開浴室，她一定是在另一種情形之下，離開浴室的。」警官說：「而余先生沒有說真話。」

我立時搖頭道：「我不認為你的說法是對的，你的結論，只是通常的結論，但是任何人都可以看得出，那是一件非常的失蹤案。」

我的直言，多少使那位警官有點尷尬，他道：「或者是，世界上有許多我們完全不明白的事，然而，作為一個警務人員，總不能憑空想像，我們要一步一步，找出事實來，所以，我首先要明白，余夫人如何離開那間浴室！」

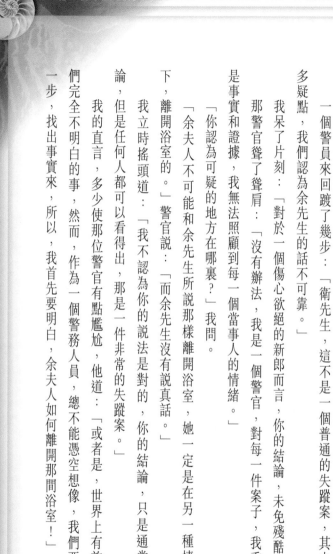

我望着他：「你認為怎樣？」

「我認為，她是在不知什麼情形下，走出浴室去的，她離開浴室的真實情形，只有余先生一人知道，因為當時屋子之中，只有他們兩個人。」

我用足尖踢着草地：「你大可不必轉彎抹角，我明白你的意思，你是説，余先生是在説謊，隱瞞了他太太離開浴室的情形。」

那警官點着頭：「是的，不妨告訴你，我們甚至進一步懷疑他的行為。」

我苦笑了起來，作為一個警務人員而論，那警官的懷疑可以説是天經地義。我也曾那樣懷疑過，但是後來我在巖石上，看到了新娘。

我道：「警官先生，如果你要聽取我的意見，那麼我的意見是勸你放棄對余全祥的懷疑。」

兩位警官點着頭：「好的，那我們只好再繼續調查，我們要回警局去了。」

我心中暗嘆了一聲，回到了屋子，當我走進客廳時，余全祥不在。

我離開時，他坐在一張有羽毛墊子沙發上，是以我走進客廳時，第一眼，便是向那張沙發上望去，我看到那張沙發的墊子，正在慢慢向上漲起來。

那表示余全祥才起身離開，可能還只是半秒鐘之前的事情。

我想，他可能到臥室去了，是以我叫了一聲：「全祥！」

我沒有得到回答，我走進臥室中，他不在。我怔了一怔，又提高了聲音，叫道：「全祥！」

我叫得十分大聲，余全祥是應該回答我的，可是我卻仍然得不到回答，而也就在那一剎間，我聽到浴室之中，傳來了一種奇異的聲音。

同時，在浴室的門縫中，傳出了一種閃光來。

那是一種綠色的閃光，在近門縫處的象牙白色的地毯，在那剎間，也變了綠色。

我幾乎是撲向浴室門的，我撞開了浴室的門，浴室之中是空的。我自己也不明白，何以在剎那間，我的反應來得如此之快。

我立時翻身奔出了門口，那兩個警官，剛來到警車的旁邊，還未曾登上車子，我立時揮着雙手，大聲叫道：「停一停，停一停！」

那兩個警官，立時轉過身，向我奔了過來，我喘着氣，一時之間，講不出話來。

那兩個警官連聲問：「什麼事？什麼事？」

我直到他們問了幾遍，才道：「他……不見了！」

兩位警官突然一呆，道：「什麼？」

「余全祥，」我道：「我敢說，他已不在屋子中了，他不見了。」

他們互望了一眼，在剎那間，我想他們一定以為我的神經有多少不正常，我拉着他們的手，將他們拉進了屋子：「我進來時，他離開那張沙發，一定不過半秒鐘，因為我看到沙發的墊子正在漲起來，可是，他卻不見了，而且，我還看到浴室中，有那種綠色的閃光，他不見了。」

那兩位警官的神色，登時緊張了起來。

他們立時奔到了窗口，大聲叫嚷着，已登上了警車的警員，紛紛奔了下來，立時展開了對屋子的嚴密搜索，二十分鐘之後，證明我的說法對了。

余全祥失蹤了！

在光天化日之下，他消失了，消失得如此無影無蹤，唯一的線索，就是那綠色的閃光！

兩位警官的臉色，和我一樣蒼白，他們不住地道：「他不可能離開這屋子的！」

我苦笑着：「這只說明一個問題，余夫人的確在那種不可能的情形下失蹤，余全祥沒有說謊！」

一個警官，走出屋子，我看到他奔到了警車上，用無線電話在講着話。

我和幾個警員，呆立在客廳中，因為一件不可能的事已發生了，我們大家都親身經歷。我們所受的教育，我們的知識範疇，都告訴我們：那是不可能的，余全祥是不可能離開這間屋子的。

但是，事實卻是：余全祥不見了！

那警官在不久之後，就走了回來，他宣布道：「我已向上級請示，上面的命令是封閉這房子。」

我忙道：「那有什麼用，余全祥人已經不見了，我們應該去找他！」

那警官苦笑着：「衛先生，這樣的失蹤案，你認為該怎樣去找？」

我的情緒也變得極其激動，我大聲叫道：「那是你們的事情！」

那警官道：「根據你的報告，政府的一個特別部門，會派人來作進一步的檢查。」

「什麼特別部門？」

「那是一個專對付神秘不可思議的部門——」

不等他講完，我就道：「我認識那部門的主管，我曾經和他合作過。」

「那部門的主管度假去了，他的一位助手，很快就會來到，我向他提起你，他希望你能留下來，幫助他，和他一起調查。」

「我當然會留下來。」我立即說。

我們一起離開了那屋子，來到了草地上，警員團團地將屋子圍了起來，我們坐在草地上，不一會，有更多的警員趕到，還有一個便衣人員，看來是高級警務人員。

到下午，一輛車子，載着許多儀器，和一個中年人，也到了屋前，那中年人和我握着手，道：「衛先生，我們的主管，時時提起你，我叫賓納，請你協助我。」

我點頭道：「那不成問題，你帶了什麼來？」

「一些儀器，我聽說有一種奇異的綠色閃光，所以我需要檢查一下。」

「你的儀器能檢查什麼？」

「過量的輻射，以及記錄熱量等等，」賓納回答：「我們先到出事的房中去看看。」

賓納從車中抬下了一具儀器來，推過了草地，推進了屋子之中，才一進屋子，他便吃了一驚，道：「每一個人都離開，這裏的輻射能，已幾乎達到損害人體的程度了，天，這裏曾經發生過什麼事？」

我就在他的身後：「有兩個人在這裏莫名奇妙地消失。」

「這我知道，除此之外，還有什麼事？」

我搖着頭：「那我也不知道了，不過，我建議你到浴室中檢查一下。」

賓納向浴室走去，當他走進浴室之後，他又叫了起來：「每一個人都離開！」

一個警官道：「又怎麼了？」

第三部

我也失蹤了

「我不知道怎麼了，但是最好每一個人都離開這屋子，」他轉過頭來，臉上充滿了疑惑的神色，望着我們：「你們敢肯定這屋子中，沒有發生過什麼意外，例如猛烈的爆炸？」

警官已在指揮着警員離開屋子，我仍然不走，因為我想要在賓納的檢查中，得到結論。

可是當我聽得賓納那樣問的時候，我心中實是好氣，又好笑，我道：「你看這裏，像是經過猛烈的爆炸麼？這裏的每一件東西都是完整的。」

賓納四面看着，他苦笑着，退了出來，一直來到了草地上，我一直跟着他。

賓納嘆了一聲：「在我這部門工作，我接觸過許多不可解釋的事，但是以這次最是奇特，除非是儀器失靈了，否則，我認為在這裏，曾經有過一次強烈的原子分裂反應，十分強烈。」

我呆了一呆，立時想起那塊大石上的痕迹，和那股奇異的氣味來。

當時，我曾認為有什麼東西，降落過在那大石上，我還曾對余全祥說及在億萬的星球中，一定有着高級生物。

在那時，我心中已經想及，可能曾有星球人的飛行體降落在那塊大石上。是以我忙道：「賓納先生，你認為是不是有可能，那是一種奇異的燃料，譬如說，來自其他星球的飛行器起飛時所造成的？」

賓納的眉十分稀疏，是以當他皺起眉的時候，樣子看來很可笑。

當然，我不曾笑出來，賓納搖着頭：「沒有這個可能，那是一次原子反應留下的輻射，而且，那是一次極奇異的原子反應，我全然說不上來那是什麼，甚至無法加以想像！」

我又道：「那麼，你還應該到懸崖上的那塊大石上去檢查一下，或許會有更令人驚訝的情形出現。」

賓納揹着儀器，和我一起來到了屋外，繩梯仍然在，我們爬了下去，賓納繼續使用他的儀器，他喃喃地道：「情形一樣，這裏曾發生過一種變化，一種我們所不了解的變化！」

他向我苦笑了一下：「在我們的檔案之中，又要多一件奇異事件的記錄了？」

我冷冷地道：「在你來說，只是多一宗記錄，但是對我來說，卻是兩個人不見了，而且其中一個，還是我的好朋友。」

賓納翻了翻眼睛：「那是沒有辦法的事，我們找不出其中的原因來，如果像你所說，其他星球有生物來，試問，我們有什麼抵抗的餘地，那情形，就像蒙古騎兵衝進了中國平原一樣！」

我厭惡地望了他一眼，自顧自爬上了懸崖。

當我向上爬去的時候，我已經有了決定。

雲妮是第一個莫名其妙失蹤的人，余全祥是第二個。雲妮後來，雖然還曾在巖石上現過一現，但是她總是在那浴室中消失的。

我猜想余全祥也是在浴室中消失的，當我和警官講完了話，回到屋子中的時候，他一定才走進臥室，進入浴室之中，要不然，那沙發墊子不會正在漲起。

我曾叫他，那時，他應該聽到我的叫聲，我猜想他的消失，是在那綠色的光芒一閃間所發生的事，那麼，在我叫他時，他應該聽到。

可是我卻沒有得到他的回答，他是沒有理由不回答我的，除非那時，他已經遇到了異乎尋常的意外，是以他才顧不得回答我了。

那時，他可能已經不在浴室。

一切全是那浴室中發生的，我的決定便是，我在那浴室中等着，等着一切的出現。已經有了兩個消失者，我就有可能成為第三個消失者。

只有當我成為第三個消失者之後，我才能明白整件事情的真相。

當然，我未曾將我的決定告訴賓納，我上了懸崖，警員團守着屋子，我駕車離去，可是在半途，我將車駛進了草叢之中。

然後，我下了車，循着一條小路，攀上去，然後，在接近屋子的一處地方，在一大叢灌木的掩遮之下，我躺了下來，好好睡了一覺。

一夜未睡，我已然很疲勞了，而且，我還要應付根本不知道有什麼奇異的遭遇。

我自然不是睡得十分好，但是在傍晚時分，我醒過來時，精神卻好了許多，我只是覺得口渴得厲害。

我向前看去，屋子的附近，仍然有兩三名警員在守衛着，大隊警員已然撤退了。要避過那兩個警員，進入屋子，是十分容易的事。

我輕易地翻了欄柵，避過了守衛警員的注意，進入了屋子之中。

屋中更黑，而且靜得十分可怕。

我穿過了客廳，推開了臥室的門，在那剎間，我的心中泛起了一個十分奇異的念頭：要一種什麼樣的力量，才能令我消失呢？

我經過了臥室，來到了浴室的門口，我握住了門柄，吸了一口氣，推開了浴室的門，我立了片刻，才能在黑暗中看到浴室中的情形。

似乎一切都很正常，浴室中沒有人，也沒有我想像中的星球人的飛行體。

我的口更渴，我來到了浴缸之前，俯下身，仰起頭，扭開了水龍頭，讓清涼的水，流進我的口中，我連喝了幾口水，站起身來。

當我站起來的那一剎間，水仍然從水龍頭中，嘩嘩地向外流着。

可是，我才抹了抹口，水流卻停止了。

我絕沒有關上水掣，水應該繼續流出來的，但是，水流卻停止了。

在那一剎間，我突然想起，我曾問過余全祥，當雲妮失蹤的時候是誰關上了水龍頭的，余全祥說並不是他，當時我只是心中存疑。

但是現在，水流卻自動停止了！

我幾乎立即意識到，會有什麼不平常的事情要發生了，在剎那間，一股難以名狀的恐懼感，像電流一樣在百萬之一秒時間通過我的全身！

我也立即想到：我會消失了！

那是生與死之間的一剎間，我呆望着水龍頭，突然，一片綠光閃起。

我無法説出那片綠光是從何處而來的，在水流突然停止之時，也根本未曾看到什麼別的東西，然而，綠光突然閃了起來。

綠光只是閃了一閃，我全然無法形容，在綠光一閃之後，又發生了一些什麼事，因為只看到那種碧綠的光芒，閃了一下，接着，便什麼也不知道了。

說什麼也不知道，也不怎麼恰當，只是覺得感覺，好像「淡」了許多，還可以想到一些事，但那只是一點點事，譬如說，想起了一個英文字母的讀音，不知道自己的身子在什麼地方。

再接着，又突然「醒」了過來，眼前一片黑暗。

我只覺得自己在冒冷汗，想伸手抹去我頭上的冷汗，然而不能移動手，手上並沒有什麼束縛，可以肯定這一點，然而不能移動，我只好睜大着眼，望着黑暗。

我根本不知道自己是來了什麼地方，心中反倒不怎麼恐懼，奇怪的是那時腦中所想到的，是一些十分可笑的事。

我想到《封神榜》和《西遊記》中的那種「法寶」。這種「法寶」，大多數是一個葫蘆，一拔開塞子，「颼」地一聲，就可以將人吸了進去之類。

在這時想起了那些事來，因為頗有被吸進了那種葫蘆之中的感覺。

我盡量將雙眼睜得大，想看清楚眼前的情形，但是一點也看不見，手可以踫到一個很平滑的表面，顯然我還活着，不但有呼吸，而且吸進的空氣，還很清新，好像是森林中清晨的空氣一樣。

我沒有別的辦法可想，因為一動也不能動。我知道，我已經「消失」了，在突然之間，從浴室中，到了另一個地方。

不知道我是如何被移出浴室的，但是余全祥和雲妮的遭遇，一定和我一樣。

當我想到這一點的時候，我立即想到，余全祥和雲妮，可能也在黑暗之中。

如果他們也在黑暗中，那麼，我或者可以試試和他們講話，於是，我努力在喉嚨間，發出一陣伊啞聲來。

我聽得我自己發出的聲音，十分怪異，像是人在八百呎以下的深海中所發出來的聲音一樣，聽來有點像鴨子叫，雖然我的呼吸很暢順，但是由於我無法運動我的嘴唇，同時舌頭也無法靈活運轉，是以我始終未曾講出一句完整的話來。

發着「伊伊啞啞」的聲音，大約有兩分鐘之久，才停了下來。

當我停止發聲之後，四周圍仍然是一片黑暗，和無比寂靜。

我失望了，但是並不絕望，因為我想，就算是我聽到了在黑暗中突然有一陣那樣的「伊啞」聲發出來，也決想不到那樣的黑暗中，另外有一個人的，我所要做的，是講出一句話來。

於是，我又深深地吸了一口氣，然後，用力彎捲着舌頭，盡量使雙唇張開來，那實在是一種在夢魘中才會出現的情形，用盡了氣力，總算從口中，迸出了半句話來，那只是四個字：「全祥，你在——」

我本來是想問「全祥，你在麼」的，可是在講了四個字之後，卻再也沒有法子講出第五個字來了。

只覺得心口突然傳來了一股十分沉重的壓力，實在無法明白我究竟是在什麼樣的情形之下，才會出現那樣的情形的。

因為實在可以清清楚楚地感到身上，沒有任何束縛，可是就是一動也不能動。

我深呼吸着，以清除胸口的那種重壓之感，那種感覺，幾乎令我昏了過去。

我可以聽到我在深呼吸時所發出的「哧哧」聲，接着，就聽到了另一個聲音。

那是一種像鴨子叫一樣的聲音。

在剎那間，我心中的高興難以形容，可以肯定，那是另一個人所發出的聲音！

我不知道那聲音是什麼人發出來的，可能是余全祥，可能是雲妮，但也可能是一個完全不相干的人，但那不重要，重要的是，我知道，那是一個人，是人所發出來的聲音！

因為我自己曾努力發過聲，我發出來的聲音，就是那樣子的。

我高興得張大了口，在那樣的情形下，聽到了另一個人發出來的聲音，都足以使人感到無比的興奮，想大聲歡呼！

但是，我卻未能發出聲音來，我竭力想着，我該如何來表示我已聽到了那人的聲音？

就在那時候，我又聽到了一定是經過了竭力掙扎，才發出來的聲音，那只是兩個字：「是……誰？」

而這個字的聲音很尖利，根本辨認不出是誰發出來的，但那當然是另一個人在講話，那是更沒有疑問的事了，我在那一剎間，竟然發出了一下尖叫聲，而且，接着講出了一句十分流利的話：「我是衛斯理，你是誰？」

在那句話之後，我突然感到了一下極其劇烈的震蕩，那一下震蕩，令得我的身子，忽然向上彈了起來，然後又重重跌了下來。

在感覺上而言，好像是我在一個封閉的容器之中，而那容器，又猛烈地撞在什麼東西上一樣。

當我的身子彈起又跌下之際，我本能地縮了縮身子，而就在那一剎間，我覺出，我的身子能動了，我立時一挺身，站了起來。

雖然我仍然在黑漆一樣的黑暗之中，但是我已經可以自由活動，那股無形的壓力，已經消失！

我也立即想到，我既然能夠一躍而起，那麼，我就一定能夠出聲講話了，我大叫了一聲，又道：「我是衛斯理，你是誰？」

我的那一句話，聲音也立時恢復了正常。

而我也立即聽到了余全祥的聲音，雖然他的聲音，聽來像是驚惶得想哭，但是我還是一認就認出，那是余全祥的聲音。

他在叫着：「天，我們在什麼地方？」

又接着，我又聽到了雲妮的聲音，她急促地叫着余全祥的名字：「我們在哪裏，發生了什麼事？」

我連忙向前走去，可是腳下十分滑，我起步起得太急了，以致才走出了一步，便跌了一跤。

我連忙又爬起身來，我就在我站起身來之後，我的眼前，突然亮起了一片柔和的光芒！

人是喜歡光亮的，再沒有比長期在膠漆一樣的黑暗之中以後，再見到光芒那樣令人舒暢的事了！

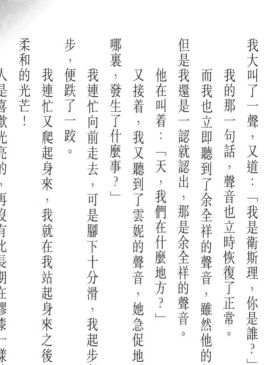

而且，那種光芒十分柔和，它使我立時能看到眼前的一切情形！

我看到了余全祥，也看到了雲妮！

他們兩人，自然也看到了我。他們呆立着，然後，他們兩人，互相向對方奔去，可是腳下實在太滑，他們兩人的身子才向前一傾，便跌了一跤。

他們爬着，互相接近，終於相擁在一起。

而我則在那時，站立着不動，仔細打量着我們所在的地方。

我只能說，我們是在一隻方形的大盒子之中，因為那是一個封閉的容器，它的四面牆壁，都是乳白色的，光滑無比，根本不知道那是什麼。

它的每一邊大約是二十呎長，那是相當大的一個空間，在那麼大的空間之中，就是我、余全祥和雲妮三個人，除了我們三個人之外，什麼也沒有。

光線從一面牆壁之外透進來。

我敢肯定說，決沒有任何發光的東西。在我們的觀念中，可以透過光線的東西，總應該是透明，或是半透明的，但是那輻射，看來卻是一個實體。

我小心地，慢慢地向那幅有光線透進來的「牆」走去，來到了「牆」前，我用手撫摸着。

那是一種異樣的光滑，我立即自身邊，取出了隨身所帶的小刀，用力在那牆上刻劃着，可是連一點刻痕也沒有留下。

我轉過身來，想看看我是不是有影子出現，但是我看不到影子，我們三個人，連影子也沒有，卻身在一個充滿了乳白色的大盒子之中，那實在是駭人之極的事。

余全祥和雲妮兩人，仍然相擁着，他們一起向我望來，余全祥道：「衛先生，我們在什麼地方？」

我攤了攤手：「我不知道，全祥，你是怎麼到這裏來的？」

余全祥吸着氣：「我到浴室中，忽然有綠光閃了一閃，我……我就什麼也不知道了。」

余全祥的經歷，是和我一樣的，我不必再問下去，也可以肯定這一點，但是，我卻知道，雲妮的情形，必然和我們不同。

我們是說消失就消失了，但是，雲妮卻在消失之後，還曾在巖石上出現過！

我忙道：「雲妮，你呢？」

雲妮的臉色十分蒼白：「我的情形，也是一樣，我可以知道我還在，但是卻又感到自己不存在，那……我不知道我應該如何形容才好。」

我完全明白雲妮在說些什麼，因為在綠光一閃之後，我也有那樣的感覺。

我忙又問道：「你應該不是一下子就處身在黑暗中的，全祥將我叫了來，我們到處找你，你還曾在峭壁的巖石上，現了一現。」

雲妮緊皺着雙眉，她道：「我記不清楚，我覺得我好像曾離開過黑暗，但那像是一個夢，我記不清楚了。」

余全祥苦笑着：「我們，現在是在夢境之中？」

我緩緩地搖着頭，我也希望那是一個夢，更希望快醒來，夢醒了，我仍然在余全祥的屋子中，打點行李，準備回去，余全祥和雲妮，則仍然在海邊的別墅中，過他們新婚後甜蜜的生活，那有多好！

這些希望，本來都是自然而然的生活，一點也不覺得有什麼奇特，但是當現在，處身在那樣乳白色的大盒子中時，那就是再幸福不過的日子了。

但是，我卻清楚地知道，我們不是在夢中，而是實實在在，在乳白色的大盒子之中！

第四部

在一隻大盒子中

所以，我搖了搖頭：「全祥，我們遇到了一件怪事，我們三個人已消失了，就像雲妮失蹤時，我們尋找她一樣，別人也在找我們三人，可是他們卻再也找不到我們了。」

雲妮叫嚷了起來：「可是我們還在啊，我們不是好好地在這裏麼？」

「是的，但是我們卻不知道自己在什麼地方，我們是在一個大盒子中，大盒子在什麼地方，我們也不知道，我們不知道是為什麼會消失的，我們甚至也不知道自己是不是還在地球上！」

余全祥發出了一下呻吟聲：「不知道，我們什麼也不知道！」

我無可奈何地道：「是的，什麼也不知道。」

雲妮道：「那我們怎麼辦？」

我仍然無可奈何地道：「我們沒有什麼好辦的，一定有一種力量，使我們消失，使我們處身於這大盒子之中，現在，我們只能等着，等待着這種力量，進一步再來對付我們。」

余全祥忽然道：「那我們現在，算是什麼？」

我哼了一聲：「我不知道你們的感覺怎樣，但是在我而言，我卻覺得我自己，像是一件標本，被人蒐集來了，慢慢地作研究之用。」

余全祥和雲妮，睜大了眼睛，看他們的神情，像是還不十分明白我說的話，是什麼意思。

我又補充道：「標本，你們難道不明白？那情形，和我們捉住了三隻昆蟲，仔細研究牠們是一樣的。」

余全祥道：「可是，我們是人啊！」

我靠住了那光滑的牆：「人和昆蟲，全是生物，在另外一種生物看來，我們和昆蟲，或者全是差不多的東西。」

雲妮驚訝地問道：「你是說，我們是被另一個星球上的生物……捉來的？」

我閉上了眼睛，呆了好一會。我的心中實在十分亂，我不知道該如何回答雲妮的問題才好。在雲妮突然失蹤，在我第一次看到那種綠色的閃光之時，我就曾向余全祥提及過另一個星球上的生物。

直到如今為止，我們所遇到的事，是不可解釋的，我們所見到的一切全是完全不明來源的，我更可以肯定這一點了。

然而，我們卻也未曾見到任何生物。

也就是說，雖然我肯定星球人使我們消失，但是我還未見到我想像中的星球人！

我自然無法知道星球人的樣子，所以我也不能確切地回答雲妮的問題。

我在想了片刻之後，才道：「照我們目前的遭遇來看，那是最大的可能。」

雲妮的聲音有點發顫：「他們……會將我們怎樣？」

那是一個更沒有辦法回答的問題了，因為我根本不明白現在的處境，也不明白我們是落在一種什麼樣的「人」的手中，我又怎能知道「他們」會怎麼樣對付我們？

我苦笑了一下，順着光滑的牆壁向下，坐在光滑的地板上：「只好聽天由命。」

余全祥也苦笑着：「這裏的空氣好像很好，但是如果我們沒有食物的話，也會餓死的。」

我搖着頭：「這一點，倒可以放心，既然有一種力量，將我們弄到了這裏來，那力量一定不會使我們餓死，他們會養着我們！」

雲妮的聲音多少有點神經質：「那我們是什麼？」

我仍然苦笑着：「我們？我已經說過了，我們像是標本，被另一種生物蒐集來的標本！」

余全祥握住了雲妮的手，他大約是想氣氛變得輕鬆些，是以他道：「我們是標本，那我們會不會被壓在玻璃片下，作詳細的檢驗呢？」

我沒有回答他這問題，並不是我沒有幽默感，而是因為他的話，使我想起了許多問題來。

余全祥所說的，是地球人檢驗標本的方法，如果我們是落在另一個星球的高級生物的手中，以為人家也會用同樣的方法來檢驗我們，那自然是大錯而特錯的事。我們現在，說不定已經在接受檢驗了。

光線能從一邊牆壁中透進來，我們完全看不到外面的情形，但是，外面的人，是不是可以看到我們呢？如果他們可以看到我們的話，他們又是用一種什麼方式在看我們？他們要看我們多久？

我的心中，亂成了一片，就在這時候，我們突然聽到在左首的那邊牆上，傳來了「啪」地一聲響，我們立時向那發出聲音的一邊望去。

只見一塊板，平平地飛了進來。

那種現象，實在是我們所難以想像的，那地方，分明是一堵牆，一堵光滑的、乳白色的牆。

那塊板，也沒有什麼東西吊着，下面也沒有什麼承托着，離地五六呎高，緩緩地穿過了牆，飛了進來。

那情形，好像是我們是在大肥皂泡之中，有東西穿進了肥皂泡，但是肥皂泡卻並不破裂，立時又合上，一點隙縫也沒有留下！

我們三個人都呆住了，余全祥突然向前衝去，他衝得太快了，以至立即跌倒在地，他也顧不得爬起來，在光滑的地板上打着滾，滾到了那堵牆前，然後他用力地用肩頭去撞那堵牆。

可是，他的肩頭撞在牆上，卻發出沉重的聲音來，毫無疑問，那牆是固體！

余全祥挨着牆，站了起來，他在那塊板掩進來的地方，用力地按着，那塊板既然能飛進來，那地方應該有一道縫，至少可以令他的手掩進去的。

然而，什麼也沒有，整堵牆，根本連一根針也插不進去！

那時，那塊板已經來到了中間，落了下來，落在地板上，在板上，是三顆扁圓形的，白色的東西，約莫有指甲蓋般大小，看來像是丸藥。

余全祥轉過身來，叫道：「那是怎麼一回事？那究竟是怎麼一回事？」

我深深地吸了一口氣：「全祥，我敢說，我們是落在外星人的手中了，他們科學進步，遠在地球人之上，他們甚至克服了四度空間！」

余全祥呆呆地站着，然後，他像是一個醉漢一樣，蹣跚地向前走來，來到了那塊板前。

我已俯身拈起了那粒白色的東西，那東西有一股誘人的香味，那種香味，完全是最好的烤雞的香味，雲妮也拈起了一粒：「這是什麼？」

我道：「我想那是我們的食物，這樣的一粒，一定可以維持我們長期的消耗，如果不想餓死的話，我們應該將它吞服下去。」

余全祥振着雙臂，大聲叫道：「你們是什麼人？為什麼你們不露面？為什麼不出聲，為什麼你們不表明身分？你們來自哪一個星球，回答我！回答我！」

余全祥聲嘶力竭地叫着，他面上的肌肉，在不由自主地跳動着，雲妮伏在他的肩頭上，哭了起來。

我想勸慰他們幾句，告訴他們，那樣着急，是一點用處也沒有的。但是，我的話還沒出口，突然之間，整間房間（如果我們所在的地方，可以算是一間房間的話），都閃起了一片碧綠的光芒來。

那光芒的一閃，只是極為短暫的時間，但也足以使雲妮停止了哭聲，和使余全祥停止了叫喚，我們都以為，那種綠光一閃，我們的處境該發生變化了。因為我們全是因為綠光一閃而來的。

但是，綠光才一閃過，柔和的光芒仍然不變，但是，在左首的那堵牆前，卻多了一個人！

那人背靠在牆上，面對着我們，那是一個女人，從她身上所穿的衣服看來，她是個日本女人，她大約二十六七歲，膚色十分蒼白，然而她的健康情形卻很好，當我們向她望去的時候，她向我們鞠躬為禮。

我們三個人全呆住了，一個日本女人！是外星人以地球人的形態出現呢？還是她又是另一個和我們有同樣遭遇的地球人？

我一時之間，難以下什麼結論，因為那日本女人的神態很安詳，她向我們一鞠躬之後，直起身，慢慢向前走來，同時，以很生硬，但是發音十分正確的英語道：「我是正村薰子，長崎科學研究所的所員。」

我們三人仍然發着呆，不知道該如何回答這位正村薰子的話。

薰子又向前走來：「你們，或者說我們，現在正在離地球極其遙遠的太空之中，如果有興趣的話，可以看到這太空船外面的情形！」

我們三人仍然像傻瓜似地站着，薰子在身中取出了一隻方形的盒子來，那盒子也是乳白色的，她在那盒子上，輕輕拍了一下。

在我們面前的那堵牆，突然起了變化，先是一陣發黑，接着，所有的顏色消失，變成透明，我們透過這堵牆，可以看到外面的情形。

外面是極其深沉的黑色，或者說，是一種極深的深藍色，我們看到許多星，我從來也未曾在天空中看到過那麼多星。

直到這時，我才說出了第一句話，我道：「地球在什麼地方？」

薰子搖頭道：「看不到地球，十多年了，我總想看一看地球，可是看不到。事實上，我根本不知時間是怎麼過去的，可是我是地球人，我還有地球人的時間概念，我知道，我離開地球，已有十多年了！」

我又轉過頭，望定了薰子，她的神態，仍然是那麼地安詳。

她在光滑的地板上坐了下來：「我是被他們救起來的，如果沒有他們，我就是長崎原子彈爆炸的遇害者之一，而他們救了我！」

如果是在地球上，我聽到有人對我說那樣的話，那麼我一定當他是瘋子。

可是，如今在那樣的情形下，一切都變成是可能的了，我想問她，但是她卻道：「大家請坐，我知道大家心中一定有很多問題，我會將一切全說明白的。」

我們三人，互望了一眼，都坐了下來。

薰子用平靜的聲音道：「那天，我只覺得突然間，天地間什麼都變了，在我身邊的人，紛紛倒下，建築物像是紙紮一樣地崩潰，我的身子像是不再存在，當我又有了知覺時，我在這裏，我無法知道發生了什麼事，直到後來，他們才告訴我，那是原子彈的爆炸，而我，則被一個壓縮的氣囊捲進了太空中，我直向太空中飛去，是他們在半途將我截住，救了我的。」

我遲疑地問道：「他們……是誰？」

薰子搖着頭：「我也不確切知道，他們是一隊科學工作者，他們的星球，還在很遠的地方，而這裏，是他們的一個工作站。」

雲妮和余全祥緊靠在一起，我則緊握着拳。

薰子又道：「我沒有見過他們，也未曾和他們交談過，我懷疑他們根本沒有『説話』這種能力，他們的思想交流，一定是用一種我們無法想像的方法進行的。」

我苦笑着：「可是你剛才曾説，他們告訴了你原子彈爆炸等等的事？」

「是的，那是我到這裏之後很久的事，我猜想，他們原來，可能根本不知道地球上有生物，直到在太空中截到了我，他們才開始研究我，他們曾給我看過很多報紙，記載着原子彈爆炸的事！」

我望着薰子，她的樣子很誠懇，但是她所説的，仍然是無法令人相信的。

然而，我又轉身向外望去，我所看到的，是藍得發黑，無邊無際的天空，和多得難以想像的繁星。有一點，倒是我能夠肯定，那便是，我們絕不是在地球上，在地球上，是不會有那樣景象的。

薰子又道：「你們可能完全不相信我的話，但是我所說的，卻全是實話。」

我又向余全祥和雲妮兩人，望了一眼，然後道：「請你說下去。」

薰子道：「我可以肯定的是，他們是沒有惡意的——」

薰子的話還未曾講完，雲妮已尖叫了起來：「沒有惡意，將我們帶到這裏來，讓我們回不了地球，還說是沒有惡意？」

薰子苦笑了起來：「我不是為他們辯護，但是，似乎不能怪他們，如果我們地球人的科學發達到了足以發現另一個星球上有生物，而這種生物的科學發展，又遠低於我們的時候，地球人會如何做？」

雲妮仍然叫着：「我不知道，我不知道！」

我也不知道，但是我卻並沒有像雲妮那樣高叫，因為薰子的問題，引起了我的深思。的確，如果地球人處在如薰子所說那種情形之下，那會怎樣？

其實，那是不必深思的，這實在是一個十分淺顯而容易回答的問題，最不能容納異己的生物，就是地球上的人！人對於人，尚且不能容納，不斷因為歧見而殘殺，對於別的星球的生物會怎樣？一定會毫不猶豫，立時將之毀滅。

比較起來，「他們」到現在為止，早已發現了地球上有高級生物，而「他們」只是拘禁了我們四個人，那不是已足以說明，「他們」是一種極其溫和，不想傷害人的善良生物麼？

我嘆了一聲：「薰子小姐，我同意你的說法，你或者還很感激他們，但是我們不同，我們在地球上，有着很快樂的日子，我們實在不想在這裏過日子，更不想像你那樣，多年不能回家！」

薰子也低嘆一聲：「我想他們會明白這一點，我從來也未曾見過他們，也沒有聽到過他們的聲音，但是多少年下來，我覺得，如果我強烈地思念什麼，他們是會知道的。」

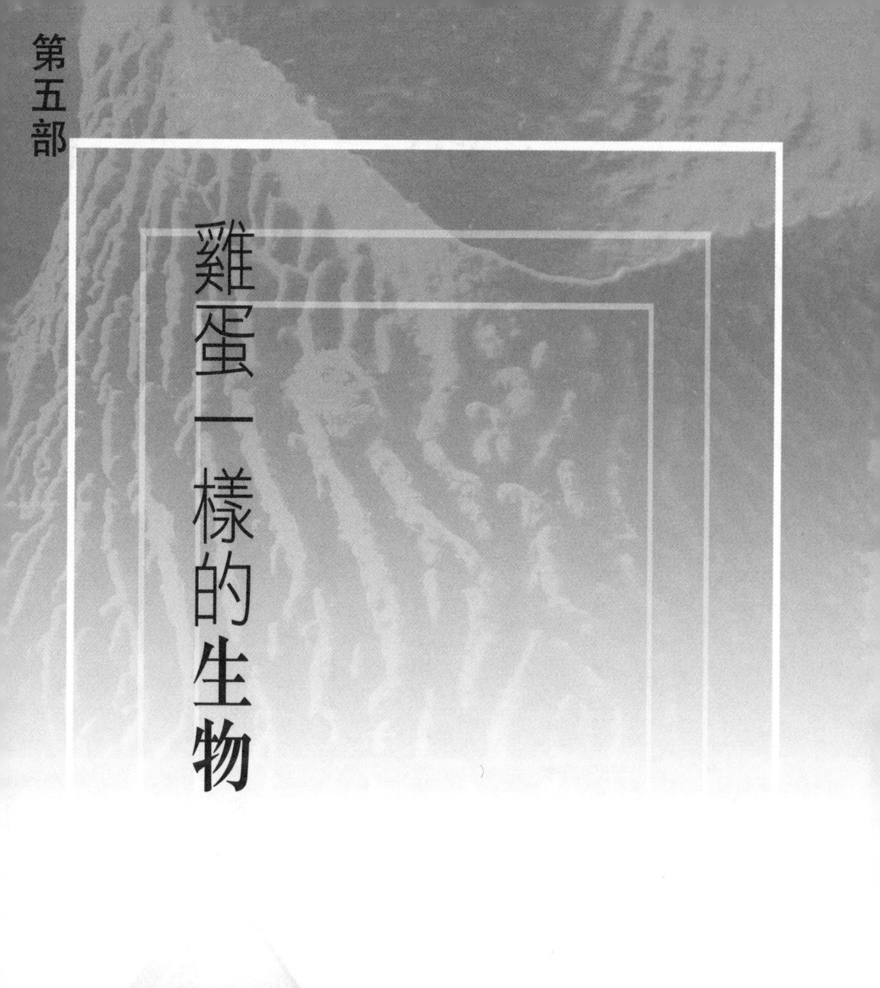

第五部

雞蛋一樣的生物

雲妮立時道：「我想回家！」

「你們一定可以回家，」薰子肯定他說：「因為我知道，如果可以稱他們為人的話，那麼他們是極好的好人，比我們地球上的人，好得多了。」

雲妮沒有再說什麼，但是雲妮望定了薰子的目光，卻是充滿了敵意的。

我向前走了兩步，遮在薰子和雲妮的中間，我那樣做，是為了避免進一步刺激雲妮。

我道：「或者，他們能夠了解你的意思，那就要你『告訴』他們，我們想回去。」

薰子柔順地點着頭：「我會盡力的。」

我突然感到了好奇，問道：「小姐，這些日子來，你的生活怎樣？」

薰子搖着頭：「我很寂寞，我一直希望能見他們，和他們交談，甚至移民到他們的星球上去！」

「你不想回地球去？」我問。

薰子呆了半晌，才嘆了一聲：「說起來很奇怪，我不想，先生，我在浩劫中餘生，我的運氣好得連我自己也不相信，如果再有一次那樣的浩劫，我還會有那樣的運氣麼？」

我聽了薰子的話，不禁全身都感到了一股寒意。「如果再有一次那樣的浩劫！」這實在是驚心動魄之極的一句話。

我才離開地球，自然知道地球上的情形，像一九四五年發生在長崎的那種浩劫，再發生一次的可能。每一分鐘都存在着。

而且，不發生浩劫則已，一發生，規模一定比那一次不知大多少倍！

薰子願留在不着邊際、虛無的太空之中，度她寂寞的歲月，那實在是一種極其痛切，無可奈何的選擇，而這種選擇，比許多控訴更有力，表示了她對地球人的極度的厭惡！

我還是第一次接觸到一個永世不願回地球的地球人。自從人類有文化以來，不知有多少人，歌頌着地球，那是人的本質，因為人的生命始於地球，但是，人究竟是在進步的，進步到了已有薰子那樣的人，如此透徹地認識了地球上的醜惡！

我覺得我自己的手心中在冒着汗，我望着薰子，而她的臉色，卻是那麼平靜。或許，是多年來的寂寞，已完全使她忘記了激動了。

過了許久，我才發出了一個十分勉強的微笑來：「你的選擇是對的，因為你有那樣的經歷，但是我們不同，我們明知隨時可以有浩劫發生，但是我們還是要在地球上生活下去。」

薰子有點黯然：「是的，我了解你們的心事。」

我又問道：「你住在什麼地方？你是怎麼來到我們這裏的？」

薰子道：「那我也不知道，他們不知用什麼方法，可以使任何東西穿過任何東西。我是一個科學家，但我絕無法正確地解釋這種現象，我只好推測，他們能夠在極短的時間內，將任何東西，分解成為原子，然後再復原，我說任何東西，是包括有生命的東西在內，例如我們，但那只是我的猜想。」

我完全同意她的說法，我還想繼續和她討論一下她的生活，但是余全祥已用近乎粗暴的聲音，打斷了我們的話。

他道：「衛先生，我不關心這些，我所關心的，只是我們是不是能回去，什麼時候能回去！」

就在那一剎間，綠光又閃了起來。

整個空間在百分之一秒的時間中，全是綠熒熒的光芒，然後，我面前的薰子，突然消失。

接着，我又聽到余全祥發出了一下狂吼聲，我連忙轉過身去看時，雲妮也不見了！

余全祥在那一剎間，像完全瘋了一樣，他揮舞着雙手，發出嘶啞的聲音，叫道：「她在哪裏？她到哪裏去了？她剛才還在這裏的！」

他連奔帶跌的來到了牆前，用力搥着牆，繼續叫着：「將她還給我，將她還給我。」

我也幫他叫着：「你們不能拆散他們的，他們是夫妻！」

但是，我只叫了幾聲，便停了下來，因為我想到，他們可能連什麼是「夫妻」也不知道，「他們」可能根本不知道「愛情」，也可能根本不知道人有男女之分，不知道人是有感情的。

「他們」可能什麼也不知道，那麼我們聲嘶力竭的叫喚，又有什麼用？

我來到余全祥的身後，用力將他抱住，因為那時余全祥正用他的身子，用力在牆上撞着。

我抱住了他，他哭了起來：「他們不能那樣的，他們不能帶走雲妮，他們不能讓我和雲妮分開的。他們應讓我和雲妮在一起，我願意留在這裏，不再回地球去，只要我能和雲妮在一起！」

余全祥一面叫，一面傷心地大哭了起來。

我抱住了他，心中也覺得難過無比，可是我卻想不出用什麼話去安慰他。

他繼續哭着，叫着，突然間，綠光又閃了起來。

當綠光閃起的那一剎間，我腦海陡地閃過了一個念頭：雲妮要回來了！

可是事實卻不是那樣，而是我的雙臂，突然收縮，被我抱住的余全祥不見了。

我的耳際，幾乎還可以聽到余全祥的聲音，但是，余全祥卻不見了。整個乳白色「容器」之中，只有我一個人了！

在那剎那，實是難以用文字來形容我的心情。只剩我一個人了，在這個容器之中，而這個容器，又不知道是什麼地方。

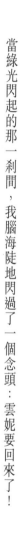

我只是呆呆地站着，腦中幾乎只是一片空白，什麼也不能想，雙手緊緊地握着拳，雙眼瞪視着那片藍得發黑的深空，那是人類無法超越的一片空白，我應該怎麼辦？我站了很久才坐了下來。那時，才能開始慢慢地想一想。

我想，雲妮和余全祥，大約是已在一起了，希望那樣，他們兩人的情愛是如此之濃，雲妮一定也會和余全祥一樣，只要兩個人在一起，他們就算不能回到地球上去，也是情願的。

但是我呢？我去參加余全祥的婚禮，結果竟來到了這裏，我什麼時候才能回去呢？

我捧着自己的頭，我聽到自己所發出的苦澀的苦笑聲，那時，我仍然瞪視着那片深空，我突然看到，有四隻盆形的東西，在飛近來。

那四隻東西來得很快，幾乎直來到牆前，才停了下來，它們的體積很小，直徑不會超過兩呎，它們的樣子，像是一個圓盆，它們是銀白色的，但是有許多小孔，閃閃發着綠光。

我連忙站起來，向那堵牆撲去，我和它們之間的距離，不會超過兩呎。

我和它們之間，只隔着那一堵牆，那四隻飛盆，停止了不動，我更可以看到，它們的頂部，是十分平滑的乳白色，像是一塊圓的奶油餅。

接着，我看到在其中的一個飛盆的頂上，有綠光閃了一閃，在綠光一閃之後，有一些東西，突然出現在飛盆圓的頂上。那種東西，也是乳白色的。

我不知道那是什麼，那是突然出現的，一共有六個之多，它們很小，只有拳頭那麼大，形狀倒是一致的，看來像是雞蛋。

在乳白色的物體之上，還有許多黑褐色的斑點，我看到那些斑點，在迅速變換着排列的位置，但是每一次變換之間，卻有短暫的停頓，而在短暫的停頓時，排列成美麗的圖案。

注視着那些奇怪的，從來也未曾見過的東西。我的心中，竟一點也沒有恐怖的感覺，只不過充滿了好奇。

那些東西究竟是什麼呢？它們看來，好像是一些什麼特別精緻的兒童玩具。

那些東西上的黑褐色斑點，不斷在變動着，這時，其中有幾個，在那些圓盆上移動着，離得我更近，我看到在那些東西上，有很多長而細，乳白色的細絲。

那些細絲在蜷曲着，揮動着，由於它們是乳白色的，那圓盆也是乳白色的，是以不仔細察看，完全看不出來。

直到看到了那些細絲，我才突然想起：那些東西，是一種生物！我的確是直到此際，才想起那是生物，因為那實在不像是地球上的一切生物，是超乎地球上的人類對生物的概念之外的東西！

地球上沒有一個人，在看到那樣的東西之後，會聯想到那是生物。

然而這時，我卻可以肯定，那是生物，而且，我知道，我、雲妮、余全祥、正村薰子，我們全是這種生物的俘虜！

那實在難以相信，這種雞蛋一樣東西，竟能俘虜了我們如此相貌堂堂，萬物之靈的人？然而，那卻又是不能不承認的事實，是一項令人無可奈何的事實！

那些雞蛋一樣的東西，一定比我們地球人優秀得多，因為我可以進一步肯定，他們曾到過地球，我在峭壁上凸出的大石上，曾檢查過野草和灌木被壓倒的痕迹，當時我就驚訝於那種痕迹十分小。

現在，我面對那些圓盆形的飛行體，我可以知道，降落在那塊大石上的，就是這種圓盆，他們不知來自哪一個星體，但他們到了地球！

我的眼睜得老大，當我看到了那些白色的細絲之後，我就可以更清楚地看到他們的活動，他們幾乎從乳白色的身體的每一部分伸出來，動作極其靈活，可長可短，其中有一個，伸出的細絲，竟長達兩呎。

而且，那種細絲的尖端，可以任意開成更細的叉，最多開到八個叉之多，那情形就像是人的手，有着八隻手指一樣。

那無異是他們天生的身子，就像我們有兩隻手一樣。但是，地球人雙手的靈活程度，是絕難和這些雞蛋一樣的東西身上伸出來的細絲相比擬的，他們有如此奇妙的天然工具，自然可以製造出許許多多的科學儀器來。

我看着他們，他們在圓盆形的飛行體上，移來移去，他們身上的斑點，不斷變換着排列的方位，我猜想那是他們互相交換意見的那一種方式。

我不知道他們在我面前亮相是什麼意思，我知道他們早可以看到我，而且，他們到過地球，就沒有理由未曾看到過地球人。

他們一定是特意來給我看看他們的，那是什麼用意？他們將對我怎樣？

由於我的眼睛睜得太大，也睜得太久，所以有點酸痛，我閉上眼睛一會，等我再睜開眼來時，卻什麼也不見了，我甚至不能再看到深邃無邊的太空，我所面對着的，只是一幅乳白色的牆。

我衝到牆前，用力擂着牆：「你們是什麼地方來的，想將我怎樣？」

我十分明白，這樣叫嚷，是一點意義也沒有的，但是我還是要叫嚷，我不知自己叫了多久，直到我的眼前，再次閃起了綠光。

這一次，我的眼前閃起了綠光之後，情形就像是在那間別墅的浴室中，我看到了綠光一樣，突然之間，我變得不存在了。

所謂「不存在」，只是一種特異的感覺，那是十分難以形容的，又零零碎碎的想起了許多細瑣到了極點的小事，彷彿腦細胞也分裂成為無數單位，而每一個單位，保留着一點零星的記憶。

我根本看不到什麼，也不能感到別的什麼，像是一粒塵埃在颶風之中翻滾，直到突然之間，感到了異樣的灼熱。

在感到那股灼熱時，還是什麼都看不到，但是那種灼熱，卻在炙灼着我身體的每一部分，可是身上仍有一股重壓，使我難以動彈。

我勉力掙扎着，想大聲叫喚，終於，睜開了眼來，先看到了一個熾烈的發着強光的大火球，那大火球就在我的頭頂，迫我低下頭來。

而在我低下頭來之時，我看到了一片金黃色，我的身子，就臥在那一片金黃色的、細小的顆粒之上。

我那時，腦中第一件想起的事便是：我被他們送到他們的星球上去了，我的心中，產生了一股異樣的恐懼感，我一躍而起。

但是當我躍起之後，我卻有足夠的冷靜，發現我自己是在沙漠中，而我頭頂的那個大火球，就是我所熟悉的太陽，我不是在他們的星球上，而是回到地球上來了。

我定了定神，開始往前走，愈向前走，我愈是肯定自己是在地球的沙漠之中，等到我遇到了一隊駱駝隊之後，那更是毫無疑問的事了。

駱駝隊將我帶到開羅，在開羅，我費了不少唇舌，幸而我和國際警方有一定的聯繫，所以才能離開，我又回到了那幢精美的別墅中。

在那裏，我對警方的幾個高級人員，以及那特殊機構的工作人員，講出了我的遭遇。

他們都聽得很用心，但是我從他們臉上的神情可以看出沒有人相信我的話，我並不怪他們，因為那的確是令人難以相信的。

我當天就搭機回家，我特地經過日本，到長崎市去轉了一轉，在一九四五年原子彈爆炸，千千萬萬的失蹤者名單中，我找到了正村薰子的名字。

如果我告訴人説，正村薰子沒有死，還在宇宙中的某一個地方活着，那是絕不會有人相信的事，所以我只是對着那名字呆望了片刻，什麼也沒有説，就回來了。

一連好久，我閉上眼睛，似乎就看到那種雞蛋一樣的生物，我也知道他們的用意了，他們是要我看看他們的樣子，或者他們也想要我告訴地球上所有的人，地球人決不是什麼萬物之靈，比地球人靈不知多少的生物很多，地球人只不過是一群盲目無知的可憐蟲。但是，我決不會對任何一個人那樣說，說了有什麼用？

至於余全祥和雲妮，他們消失了，我等待他們出現，可是他們消失了。

（全文完）

衛斯理小說典藏版　64

貝殼

作　　者：　衛斯理（倪匡）
責任編輯：　黎倩雲　　楊紫翠
封面設計：　李錦興
出　　版：　明窗出版社
發　　行：　明報出版社有限公司
香港柴灣嘉業街18號
明報工業中心A座15樓
電　　話：　2595 3215
傳　　真：　2898 2646
網　　址：　https://books.mingpao.com/
電子郵箱：　mpp@mingpao.com
版　　次：　二〇二二年八月初版
ＩＳＢＮ：　978-988-8828-09-8
承　　印：　美雅印刷製本有限公司